Os jacarés

OS JACARÉS

Carlos Eduardo de Magalhães Cosac & Naify

© Carlos Eduardo de Magalhães 2001
© Cosac & NaifyEdições 2001

Capa: Raul Loureiro, com fotografia de Elaine Ramos
Projeto gráfico: Raul Loureiro
Preparação: Maria Eugênia de Bittencourt Régis
Revisão: Nélson Luís Barbosa e Fábio Gonçalves

Todos os direitos reservados. Esta publicação não pode ser reproduzida, no todo ou em parte, por quaisquer meios, sem a prévia autorizacão por escrito da editora, exceto quando para fins de crítica ou resenha.

Catalogação na Fonte do Departamento Nacional do Livro
(Fundação Biblioteca Nacional)

Magalhães, Carlos Eduardo
    Carlos Eduardo Magalhães: Os jacarés,
    São Paulo: Cosac & Naify Edições, 2001
    ISBN 85-7503-054-X

1. Literatura do Brasil
2. Literatura brasileira
3. Carlos Eduardo de Magalhães   CDD 869B

Cosac & Naify
Rua General Jardim 770 2º andar
01223-010 São Paulo SP
T (55 11) 255-8808
F (55 11) 255-3364
info@cosacnaify.com.br

*Para Franklin Lee e Otávio Villares de Freitas,
que quase nasceram no mesmo dia.*

UM

Estão por toda parte, estão aqui, são muito espertos, vão acabar me pegando, aí me degolam, arrancam minhas tripas, vai ficar que nem macarrão, e pegam o que sobrar de mim e jogam no rio Pinheiros, e os jacarés do Pinheiros vão me encher de dentadas, até não ter mais nada, e ninguém vai saber o que aconteceu, vocês vão achar que fui pra Europa, e nunca vou ter ido pra lá, vou tá bem aqui, nas bocas dos jacarés, e daqui a algum tempo vocês nem vão lembrar que eu existi, e eles vão rir, já estão rindo, vira-e-mexe eu escuto a risada deles, eles não me enganam, são muito espertos, não dá pra fugir, não adianta esconder, nada adianta, correr não adianta, lutar não adianta, arrancar minhas tripas, dar aos jacarés...

Mário não parava de falar. No começo, palavras veementes, gritos quase, o que lhes valeu uma advertência do gerente. Agora, ninguém mais prestava atenção neles, e Antonio mal ouvia o lamento que continuava do outro lado da mesa.

Fazia bem uma meia hora que as duas da mesa ao lado tinham chegado, talvez uns dezoito, vinte aninhos, e eram até que bonitas. Queimadas de sol, os pêlos tingidos com oxigenada, as barriguinhas, sem falar nas costas. Não havia no mundo coisa mais bonita que costas de mulher! Mulheres. A vida era tão engraçada..., trinta anos, casado, dois filhos que fariam aulas de tênis e estudariam inglês, que teriam tudo aquilo que ele não teve. Carro importado, apartamento na praia, uma amante... Antonio calou, os olhos presos ao guardanapo de papel que seus dedos despedaçavam. Tinha uma amante e não sabia bem o que pensar disso. Paula, certa de que havia ido pro Rio de Janeiro, a trabalho, e ele ali, tomando chope, prestando atenção nos ponteiros do relógio para não atrasar demais em buscar Renata. O nome dela é Renata. Os dedos agora no paliteiro. Sabe, olha que estranho, eu ando pensando no danado do meu pai nos últimos dias, deve ser porque minha mãe, semana passada, me chamou... Antonio só então levantou os olhos e reparou que Mário estava indiferente a seu desabafo, desabafando ele próprio, inerte naquele gemido, mãos sobre a mesa de granito, cabeça caída, olhos sonados, a cerveja escorrendo por um canto da boca, rosto coberto de suor. Antonio endireitou-se na cadeira. Jogou os ombros para trás, esticou os braços e pôde sentir que alguns de seus músculos reagiam. Aproveitou o movimento para pedir a conta. Tinha necessidade de partir, sair daquele lugar apertado, buscar um pouco de ar, livrar-se de pensamentos inoportunos, livrar-se de seu pai.

Mais de uma semana dormindo em hotéis. A cada dia Mário escolhia um pouso diferente, às vezes se encontrando em lugares que jamais pensou existir em São Paulo. Da Voluntários da Pátria à Dom Pedro, passando pelo centro, Pinheiros, Jabaquara, Mooca. Saía dos bares e ia por onde as ruas o levassem, seu carro percorrendo caminhos desconhecidos até que um luminoso qualquer pusesse fim à jornada. Pela manhã, antes de ir ao trabalho, passava em casa para pegar uma troca de roupa e apagar os recados da secretária. Ficava alguns minutos observando a luz vermelha piscando no aparelho. Por fim, algum tipo de esperança vencia a vontade de simplesmente apagá-los, e ele pressionava o *play*. Entre as poucas mensagens, estava lá, sempre, uma mesma respiração, e o telefone era desligado antes da primeira palavra. Depois, com a roupa limpa já acomodada na mala de couro, Mário ia para a agência. Naquele dia eles logicamente viram seus preparativos. Com certeza estariam imaginando que hotel escolheria. Ir para casa, afinal, não era má idéia. Uma mudança nos planos, Mário percebia isso. Algo assim de improviso, ir dormir em casa quando eles se preparavam para segui-lo por aí podia, ao menos, surpreendê-los, não atrapalhando em nada o que tinha preparado para o dia seguinte.

Mário hesita ao pisar na calçada. Passa em revista os raros transeuntes, todos aparentam normalidade, um casal que chega ao bar, os guardadores de carro, uma velha que passeia com o cachorro. Mas Mário sabe por que estão ali, dissimulando, atuando disfarçados naquela peça macabra em que o sacrificado seria ele. Antonio enlaça-o na altura do ombro e o conduz até o carro. Abre a porta, faz com que sente, engata-lhe o cinto de segurança, ordena-lhe, com a voz autoritária de quem fala com bêbado, Então me espera aqui!, eu dou duas buzinadas e a gente sai. Mário iria dirigindo, ainda que sob os protestos do amigo.

Uma noite de quinta-feira, a última das quintas-feiras. Mário faz força para concentrar o olhar na luz do carro de Antonio, que deveria seguir, mas as sombras que perambulam pela cidade avançam nele. São sombras dentro de automóveis, sombras nos cruzamentos pedindo um trocado, sombras que sequer consegue definir, notando-as por seus movimentos. A cada sinal fechado, fecha-se o mundo ao redor dele. Quisera Antonio enxergasse, quisera dividisse com ele a sina sobre sua cabeça, quisera ser demente, jamais tê-los percebido. Feliz é o ignorante! O tempo não volta atrás, por maior que seja o desejo, e dia após dia encolhia seu universo de possibilidades. Antes, infinito. Agora contava os dias, as horas. Tudo iria acabar, felizmente mais um sinal abria, punha-se em marcha, ganhava mais alguns minutos. Antonio aciona o pisca-alerta, Mário aperta o botão do aparelho preso no pára-sol. O portão da garagem demora a abrir.

Nada atrás da porta, nada debaixo da cama, nada no armário. Antonio estava impaciente, tinha pressa, uma necessidade enorme se impunha. Uma necessidade que não precisava bem qual era. Um desconforto, um gosto ruim. Talvez ver Mário naquele estado miserável, talvez ter mentido aos filhos, talvez não ter se tornado alguém tão bom quanto queria ser. Devo ir agora, disse, achando patético o ar desconfiado de Mário, que persistia em sua investigação. O elevador ainda estava lá. Antonio abraçou o amigo, Te cuida hein!, qualquer coisa me liga cedo no escritório, e se falar com Paula eu estou no Rio, não esquece! Antonio franziu as sobrancelhas quando Mário pediu o celular emprestado, relutou por um instante, acabou por tirar do bolso o aparelho e entregar-lhe, estava carregado, usasse à vontade, sem exagerar, lhe avisasse quando não precisasse mais que mandaria um *boy* buscar, E se a Paula ligar, já sabe...

O Mário não está bem, a Júlia tem razão. Dia seguinte procuraria um amigo seu, psiquiatra, ele lidava bem com essas coisas de cabeça, tomara que não passasse de uns chopes a mais, ou de trabalho excessivo, ou de qualquer merda que não fosse grave. Antonio sorriu sem alegria, e logo deixou de pensar em Mário. Renata entrando no carro, abraçando-o, apertando-o contra si. Ela queria conhecer um restaurante novo e bastante discreto que abrira fazia alguns meses. Podiam jantar lá, depois ir para sua casa, ela tinha um champanhe no gelo, e para o café da manhã tinha preparado uma salada de frutas regada a iogurte, como ele tanto gostava.

Renata fazia força para não chorar, o que ela tinha feito de errado? Nada, respondeu Antonio, da maneira mais seca que conhecia, Amanhã conversamos. Ela desceu do carro e ele sequer esperou que entrasse no prédio. Um ódio incomensurável ouriçando-lhe os pêlos, esquentando-lhe o sangue sob a pele. Apertou o acelerador, não respeitou os semáforos. Por mais que corresse tinha a sensação de que nunca ia chegar, que o carro era lento demais para a pressa de seu coração. Só parou à porta de casa, ofegante, apoiou o braço na parede, o rosto no braço, precisava recuperar o fôlego dos lances de escada que percorrera, na impaciência de esperar o elevador. Respirou fundo, meteu a chave na fechadura, entrou. Paula!, gritou. Paula!, sua voz saiu mais forte ainda, Paula!, murmurou por fim, só para ele ouvir. Ela não respondeu, ela não estava lá, não precisava procurar para saber. Tirou o cinto, castigou a poltrona, ele mataria aquela filha da puta!

Mário fechou a cortina, apagou a luz, se bem que eles deviam ter uns dispositivos que fazem enxergar no escuro. Depois, sentou atrás do sofá, ali não o veriam. Seu corpo transpirava, o medo molhando-o todo. Abraçou as pernas dobradas e apoiou o queixo sobre os joelhos. Tinha vontade de urinar, mas não se atrevia a ir ao banheiro. Há alguns meses começara a sentir aquela sensação de não estar só. Não teria dado importância, se não começassem, à mesma época, os vultos fugidios e as vozes. Não era impressão sua. A coisa progrediu de tal modo que não conseguia mais se sentir só. E estar só era importante. As horas diárias que passava na noite de seu apartamento eram o mais próximo que chegava da liberdade. Fazia o que queria, como queria, quando queria, não precisava dar satisfação a ninguém. Era senhor de si, e o salário que ganhava permitia-lhe independência suficiente. Nas férias viajava para algum lugar onde a areia e o mar fossem suas únicas ocupações. Seria bom ter aprendido a surfar, agora não teria mais oportunidades. Levava bem a vida. Bom trabalho, bons amigos, lazeres que o dinheiro comprava, Júlia. De Mário sabia Mário, de Mário cuidava Mário. Lavava ele mesmo suas roupas na máquina, fazia sua comida, arrumava a cama em que dormia. Etelvina, nas segundas-feiras, se encarregava da faxina e de passar as camisas que se rebelavam à mão masculina e desajeitada do patrão. Só no mundo, assim era, tendo o cuidado de não o dizer a Júlia. Se brigara com os pais, separados desde o fim da construção daquela que seria a casa dos sonhos, se via pouco a irmã ou o resto da família, tinha a ela. Quem sabe, um dia, suas necessidades não se transformariam e ele não desejasse ter algo sólido, cuidar e ser cuidado. Não foi isso que aconteceu com seus melhores amigos? E aí, de Mário saberia, talvez, Júlia. Muito a fazer antes de esse dia chegar. Morar na Europa, quem sabe ficar pra sempre por lá, resgatar a origem italiana do avô que fugira da fome. Agora era ele quem fugia, não da fome, mas de algo tão letal quanto a fome. Eles o queriam morto, não o enganavam mais, e por isso acabariam logo com ele.

    O sino da igreja do Largo de Moema deu várias badaladas, Mário não as contou. Percebeu apenas que uma hora completara seu ciclo. Eles deveriam ter tudo calculado e, se ainda respirava, era porque assim permitiam, Impossível escapar, eles são muito espertos. Mário fechou os olhos, não tentou dormir, não conseguiria. Na penumbra da sala, o movimento da avenida Ibirapuera entrando pelas janelas fechadas, atravessando a cortina, o alarme de um carro disparando uma buzina, o sambão de uma casa de shows, os ouvidos de Mário atentos, procurando distração. Contudo, nem mesmo o som de uma trombada, o grito dos pneus na freada brusca, o barulho de vidros estilhaçados, retiraram Mário dos acontecimentos dos últimos meses. Um momento efêmero, sem força, quiçá existisse uma brecha, um erro, algo que apontasse uma saída. Ou não havia escapatória possível? Não havia, e os sons da avenida já não entravam em seus ouvidos, era como num labirinto infinito cuja única solução é a morte. E o que mais o atormentava, nessa noite de quinta-feira, era sua teimosia em não morrer. Pena sua avó não estar ali, ela o aconchegaria, com ela eles não se meteriam.

DOIS

Todos na classe olhavam para ele. Enxergava apenas os pés dos mais próximos, mas sabia que era ele o objeto das atenções. Mudara de escola vezes demais, mesmo assim não se acostumava com o primeiro dia. Ao menos já não chorava. Segurava a lancheira com uma mão, a outra mantinha firme a mochila que a mãe tinha preparado: um caderno, duas apostilas com o símbolo do Externato na capa, um estojo, uma malha, caso esfriasse, Aqui em São Paulo faz frio. A professora disse seu nome alto, para que todos pudessem ouvir, e acompanhou-o até uma carteira vazia. Antonio olhava para o chão e sentia raiva do pai. Ele dizia que era a última vez, arrumara um emprego numa empresa grande, americana, dessas que a gente só sai morto ou aposentado. Era tão bom morar em Itanhaém, e o Hómi tinha que estragar tudo. Antes era bom em Piracicaba, antes, nem se lembrava mais. A professora começa a falar. A casa nova não era nova como o Hómi prometera, não tinha piscina, era feia. A porta só abriu com uma ombrada. Depois de um trato fica uma beleza! Ele e os irmãos não acreditavam, a Lisinha até abriu um berreiro. A mãe estava quieta, e quando alguém reclamava ela dizia para se calar, dava uns beliscões, fazia cara de brava, talvez para que o Hómi não se aborrecesse. Era sempre assim, a mãe fazendo todas as vontades do Hómi. Foi assim quando vendeu o bar em Piracicaba para abrir a imobiliária em Itanhaém. Contava que um conhecido seu chegou lá com uma mão na frente e outra atrás, hoje morava numa mansão, era dono de um monte de terrenos, e tinha tanto dinheiro que gerente de banco fazia fila na porta da casa dele. Mas o Hómi não abriu a imobiliária, parece que alguém tinha passado a perna nele, quem contou isso foi o Gordo, o pai dele era dono da loja de construção onde seu pai foi trabalhar. Não eram de muita confiança as coisas que o Gordo falava. Antonio apertou o interruptor e a luz não veio, tinham cortado, mas isso se resolveria logo, disse o Hómi, rindo. Ele ria bastante, achava sempre que dava um jeito em tudo. Depois de abrir a janela da frente a sala apareceu, paredes sujas, rachaduras, teias de aranha nos cantos. Era quase pior do que aquela casa mal-assombrada que ficava perto da estação de trem, faltava só ter morcego. O corredor que ia para dentro não era melhor, e o chão parecia estar solto. Cheirava mal ali dentro, tava tudo quebrado, nem privada tinha no banheiro. Baratas, viu umas cinco, e um quintalzinho para jogar bolinha de gude, nem pensar. Ele não tinha um quarto só seu, era mentira. Mentira a televisão grande, mentira os prédios bonitos da novela, mentira a bicicleta igual à do Ricardinho. Carlos, Danilo, Alê, eles iriam para a praia à tarde jogar uma pelada, depois empinar pipa, depois murchar o pneu do padre, jogar pedras no louco da padaria que sairia correndo atrás deles gritando uns palavrões que eles não entendiam. Tinha também o Pardal, o Beto. Talvez tivesse briga com os caras do centro. Perderia as revistas que o Gordo disse que ia roubar do irmão, o Gordo jurava que tinha visto mais de dez mulheres peladas, inclusive a tia dele, uma loirona que estava de férias. Mas ninguém botou uma fé não, o Gordo conta muito papo. Tinha a Sinira, que achava legal, era bom conversar com ela, estudar com ela, estar com ela. Ficava calmo ao seu lado, e sem querer vinha uma vontade de só olhar ela fazendo suas coisas, de lhe dar um sorvete, daqueles de duas bolas com duas coberturas que eram vendidos na Kapilé. Se bem que seus amigos enchiam um bocado e, às vezes, tinha que fugir dela, brigar com ela, desamarrar o laço rosa que prendia seu cabelo. Ela ficava uma arara, mas logo estavam juntos de novo, e uma tarde dessas, os amigos não podiam saber, a levaria na sorveteria. Agora que mudou pra São Paulo não dá mais. E a *Star Combat?*, em que todos os dias depois da aula jogava umas três fichas. Os recordes eram todos seus, como ia ficar sem a *Star Combat?*, se até sonhava com ela, a nave destruindo os marcianos, ele explodindo aqueles bichos que não paravam de descer do céu! O Gordo garantia que em São Paulo os fliperamas eram muito melhores, mas como ia saber, o Gordo nunca tinha ido para São Paulo, era muito paiudo, o Gordo. E será que com as moedas que roubava da bolsa da mãe daria pra jogar em São Paulo? O Hómi disse que compraria um *videogame*, como aquele dos filhos dos bacanas, esses que aparecem nas propagandas e que o Dirceu vende na loja, falava isso, e falava que ia ser muito rico, ia ter carrão, casa própria até na praia, que pararia de trabalhar, e que a mãe não ia mais precisar costurar pra fora, e que ele teria um quarto só seu, e que morariam em casa com piscina. Um grande mentiroso é o que seu pai era, igual ao Gordo mesmo. Não conhecia os rostos à sua volta, todos parecidos em uniformes iguais, todos rostos desconhecidos. Antonio abriu a mochila e pegou as apostilas que a mãe tinha comprado, É a amarela, página 43. A voz vinha de trás. Antonio virou-se e agradeceu, o garoto sorriu. Na outra escola não tinha apostila, e faziam vista grossa ao uniforme. Seu Pereira, em seu avental branco, ameaçava-os com a sala da diretoria se os pegasse fora da classe, o que nunca cumpria. Chegava a sentir saudades do velho, os respingos que iam sobre eles toda vez que gritava, Voltem aqui seus bostinhas! E a venda do Zé Galinha, onde podiam comprar fiado, e o maricas do Tisuquinha, em quem passavam a mão só pra ver ele chorar. No recreio era hora do futebol, o Gordo só jogava porque a bola dele era melhor que a da escola. O Gordo devia ser goleiro, tão ruim que era. Bom mesmo era o Pardal. Era engraçado ver o Pardal mexer com o Gordo, passar bola debaixo da perna, cantar Gordo baleia saco de areia. No Pardal o Gordo não batia. Em São Paulo não era assim, tinha que estudar, e os meninos não podiam andar na rua porque tinha assalto. Não tinha Sinira, Alê, Pardal, nem as brigas do centro. E não ficaria mais em volta do Gordo a ouvir suas histórias. Se não fosse um homem, choraria. Mas era homem, não era criança, nem era como o Tisuquinha, que no recreio ficava com as meninas. Até fumar escondido já tinha! E tudo por culpa do Hómi, que fazia o que queria, mas não mandava nele não, ele não iria mudar não, ia ficar ali, dormindo na praia, não queria casa com piscina, nem bicicleta igual à do Ricardinho, não queria ter pai não, desgraçado, desgraçado, desgraçado..., e calou-se, daquela vez o Hómi batia forte.

A professora tinha a mão no ombro do aluno novo. Mandou que dissesse o nome e ele o fez, sem tirar os olhos do chão. Antonio, na última cadeira, já ambientado, preparava uma bolinha de papel. Aluno novo era pra azucrinar, depois podia ficar amigo. Ele que ensinou isso pros caras. Era divertido, no tempo em que morava na praia faziam desse jeito. Geraldo, Mané e o Japa tinham a munição em ordem. Eles preferiam tirar a carga e usar a caneta como zarabatana. Antonio não, gostava mais de jogar com a mão, assim era mais fácil de disfarçar caso o alvo reclamasse. Alguns reclamavam, teve uma menina que chorou. A professora ficava brava, gritava, e uma vez quase pegou o Japa. O menino sentou-se a duas carteiras dele. Era meio gordinho, usava óculos, tinha cara de cê-dê-efe, um apelido não ia ser difícil de arrumar, podia ser Bolha, Oculudo, Quatro-olhos, Galo-cego. Quando entrou na escola não tinha isso de pôr apelido, ele que inventou. O Girafa, porque não tinha pescoço, o Jeca, porque chamava Zé Carlos, o Japa, porque era japonês, o Arrastão, porque era mole, o Mané, porque era meio burro, o Geraldo era Geraldo mesmo porque era seu amigo, além de ser o mais forte da turma. Começou a artilharia. Durante as duas primeiras aulas encheram a cabeça do aluno novo de papel, o Mané chegou a acertar uma bolinha dentro da orelha dele. Por mais que jogassem, ele não se mexia. Parecia que não era com ele, parecia uma estátua. Não era desse jeito com os outros. Sempre passavam a mão no cabelo, olhavam para trás com cara de bravo, alguns mudavam de lugar. O Cabrita, quando entrou, chamou a professora, e por isso ganhou o pior apelido. Chegou a hora do recreio, todo mundo se levantou, menos ele. Ficou ali, parado, limpando-se. Aí pôs os óculos sobre o caderno. Não era boa coisa, Antonio não esquecera que o Gordo tinha dito que quando um cara tira os óculos tá querendo briga. Foi tudo bem rápido. Quando o Mané chegou perto dele pra fazer alguma gozação, o aluno novo foi pra cima do Mané, os dois rolaram no chão derrubando as cadeiras em volta, e teve que vir o bedel pra separar. Mal entrou e já era levado pra diretoria, ele devia ser legal. Logo depois do recreio eles voltaram, no maior papo, como se fossem velhos amigos. Não seriam suspensos, parece que a diretora conhecia alguém da família do menino novo. Correu pela classe que os pais dele tinham se separado e que estava morando com a avó, aquela casa grande, com portão de ferro, aquela do cachorro bravo, perto da padaria, uma quadra do ponto de ônibus. Antonio sabia bem que casa que era. Todos os dias passava em frente, às vezes atravessava a rua por causa do cachorro. Tinha medo dele, e não gostava quando os colegas jogavam pedras, e se fugisse?, pra onde correria? Quando Mário contou que o cachorro da avó era manso, não acreditou. Precisou entrar, passar a mão para ver que era verdade. O boxer é um cachorro que tem cara de bravo, mas é bem mansinho. Mário não era mais forte que ele, apesar disso, podia ser Mário mesmo, não Bolha, Galo-cego ou Buldogue, como queria o Japa.

TRÊS

Mário acorda no meio da noite. Ninguém divide a cama com ele, Júlia tinha viajado a trabalho, voltaria só sábado. Quando voltasse, talvez nem o procurasse, a briga tinha sido feia. Júlia!, chegou a falar alto, não obtendo resposta, Tem alguém aí? Estava com tanto sono que logo adormeceu. No dia seguinte não sabia dizer se acordara no meio da noite, ou se fora sonho. A jornada de trabalho transcorreu sem contratempos. Não fosse um pneu furado na saída da agência, o dia se perderia entre tantos outros que tendem a desaguar no esquecimento, como se fossem um só. O borracheiro encontrou um prego, Furaro de propósito, mano! Mário maldisse todos os vagabundos e meninos de rua e, no caminho de casa, não esqueceu de fazer cara feia aos pedintes dos sinais que respiravam na janela de seu carro.

Passados alguns dias o chefe chamou-o em sua sala, a ele e ao diretor de arte, sua dupla. Recebeu-os de pé, com tanta amabilidade que por um momento Mário temeu estar sendo despedido. Falou-se do tempo, das campanhas que tinham sido premiadas em Londres, do bônus que o presidente prometia para o fim do ano, caso o lucro projetado se confirmasse. Bem, já era hora de ir direto ao assunto, deixassem tudo de lado e se concentrassem na Fábrica de Roupas, bem, eles tinham até o fim da semana para apresentar algo que prestasse para mostrar ao cliente. Bem, é isso, o que vocês estão esperando? Foram dois dias de trabalho exaustivo, Pelé e Mário chegavam cedo e ficavam até o começo da madrugada. Em suas casas, deitados em suas camas, os cérebros não paravam, corriam contra a fadiga do corpo. Conversas confusas, problemas a serem solucionados, o chefe nu, mulheres nuas, corpos sem roupas, roupas sem corpos, passeando pelos olhos fechados as imagens desconexas tinham uma lógica qualquer que escapava à razão. Era como se um canal do cérebro continuasse trabalhando e, de uma hora pra outra, sem que se apercebesse, mandasse uma mensagem. Mário levantou duas ou três vezes para anotar essas mensagens. Depois, não se lembrou de tê-las escrito, mesmo reconhecendo como sua a letra. Os textos eram bons.

O entusiasmo apagava as olheiras de noites maldormidas. Pelé e Mário acertaram o jeito que fariam a apresentação para o chefe, passaram as falas de cada um, receberam um boa-sorte da secretária. No final da tarde, num bar perto da agência, eles levantariam o brinde à aprovação do diretor de criação e, na terça-feira, brindariam à aprovação do cliente, ao aumento prometido na quarta, à promoção antes do tempo na quinta. Foi numa dessas noites de comemoração que Mário pensou ter visto o primeiro vulto pelo canto do olho. Levantava-se o quarto ou quinto viva, os colegas de trabalho escondiam a ponta de inveja e teciam elogios dos mais diversos, um vulto preto se esgueirando para o banheiro. Quem será?, e ninguém sabia do que Mário estava falando, Foi pro banheiro!, e riram de sua teimosia. Riu também, indo disfarçadamente verificar. Não havia ninguém no banheiro. Gozado, jurava ter visto alguém, devia ser a bebida, e contentou-se com sua explicação.

Era uma a pancada do relógio da igreja. Sentado no chão, atrás do sofá, ele treme, tapando com força os ouvidos com as mãos espalmadas, apertando a cabeça, desejando implodi-la. Na rua alguém gritando, não era seu nome que chamavam?

Mário! Ele olhou para os lados, as pessoas na fila aguardavam a sua vez. Pessoas conversavam agrupadas, um jovem casal de primeiro encontro falava de amenidades, um senhor lia um jornal, dois namorados trocavam beijos, uma menina procurava algum conhecido que lhe desse a frente. Júlia não ouvira nada e Mário não encontrou quem pudesse tê-lo chamado. Ingressos comprados, guloseimas devidamente escolhidas, a bexiga esvaziada lhe devolvendo o bem-estar. Que filme viram?, Mário não saberia dizer, dormira a maior parte da sessão, embalado pelas vozes dos atores que se tornavam mais distantes à medida que a fita avançava e que o sono vingava. A agência estava exigindo muito dele, não tinha mais sábados e, mesmo aos domingos, não conseguia se desvencilhar do trabalho, pondo-se a traçar esboços que deveriam ser desenvolvidos no decorrer da semana. Horas de folga, Mário as dividia entre Júlia e as noitadas com os amigos. Gostava de Júlia. Sempre que podiam passavam a noite juntos, no apartamento dele ou no dela. No dela com menor freqüência, pois seus pais, que moravam no interior, às vezes apareciam. Eles sabiam que a filha e Mário namoravam firme, até gostavam do rapaz, parecia sério, ainda que tivesse uma aparência um pouco extravagante e o julgassem teimoso em excesso.

Namorados fazia pouco mais de um ano, foram um desses casos que começam com uma cantada despretensiosa, Você não quer almoçar comigo?, e ela quis. Duas semanas e podiam considerar-se namorados. Tanto ele quanto ela não tinham certeza do amor que os unia. Sabiam do prazer dos cheiros, da voz no ouvido, do calor do corpo, da ansiedade do encontro. Isso era bom, deitar era bom, conversar era bom, falar do futuro não era bom. Naquela fase da vida Júlia tinha aspirações profissionais em demasia, e Mário não estava disposto a dividir coisa alguma com quem quer que fosse, ainda por cima um futuro.

Júlia acordando Mário nas letras que subiam tela acima. As luzes acesas devolviam à sala de cinema sua realidade marrom, restabelecendo o tempo e o espaço, momentaneamente vencidos pela história de um condenado à prisão perpétua injustamente. E ganharam as ruas de São Paulo, Mário ao volante de um veículo sem pressa, Júlia ainda embevecida pela força dos personagens que não cansavam de aparecer nas palavras que despejava no companheiro. O restaurante não estava cheio, puderam sentar-se com certa facilidade. Era impressão ou já vira aquele manobrista antes?, Mário puxou pela memória e não o encontrou, tampouco o manobrista lembrava-se de já terem se visto, como afirmou na hora da gorjeta não recebida. Madrugada, Júlia dormindo ao seu lado, o rosto do rapaz na camisa azul listrada vem com insistência: um par de olhos fugindo dos seus, a convicção apressada de nunca terem se visto antes, a rapidez com que se foi dali sem esperar os trocados que Mário separava na carteira. Atitudes estranhas para um manobrista. Por que tanta queima de neurônios, perguntava-se, afinal era só um manobrista, como outro qualquer, e a resposta insistia em esconder-se em algum lugar que ele não achava. A procura atrapalhava o descanso, irritando-o a ponto de se levantar e ligar a televisão. Sorte não ter hora para acordar. Só esperava que Júlia não o obrigasse a cumprir a promessa de acompanhá-la ao passeio de bicicleta no Parque do Ibirapuera. E perto do meio-dia Júlia acordou-o no sofá, e ambos andaram de bicicleta até as três da tarde, depois voltaram pra casa, pro quarto, e lá ficaram até o anoitecer, brincando, falando da vida, entrelaçando os corpos, descansando os corpos. À noite esses corpos reclamaram alimento e, ao invés de preparem o jantar, como queria Júlia, foram ao mesmo restaurante do dia anterior. O manobrista não era caso encerrado, e a teimosia de Mário derrotou os argumentos femininos. Para sua surpresa o rapaz não estava lá, seria seu dia de folga? Comeram com o silêncio dos famintos. Ao pedir a conta Mário interrogou o garçom sobre o manobrista. Ele não o conhecia. Sem se conformar, Mário foi ao gerente, que disse não haver nenhum loiro responsável por parquear os autos trabalhando no estabelecimento. Nem a descrição das roupas, a camisa azul listrada sob colete do restaurante, o quepe desbotado, a calça marrom. Nada do que dissesse alterava o gerente, que garantia não ter nem um empregado naquele aspecto descritivo. A discussão foi inevitável, Mário ofendeu-o e disse nunca mais pôr o pé naquela espelunca, que se preparassem, iria escrever uma carta para o jornal criticando o serviço. O senhor faz o que achar melhor. Júlia tirou-o dali antes que a coisa piorasse. No caminho, os ânimos se acalmando, Júlia convenceu-o de que o manobrista devia ter aprontado alguma, roubado ou coisa assim e, para não se comprometerem, inventavam aquela história. Que ele não ficasse bravo, também ela não prestara atenção no tal sujeito, entrando no carro sem reparar na mão que abria a porta. Tudo bem que Mário não fosse das pessoas mais calmas, mas vê-lo daquele jeito ela não esperava. Mais um pouco e avançaria sobre o gerente de fala empolada. Mário achou que ela exagerava, concordando por fim que talvez quisessem evitar qualquer ligação com o manobrista do dia anterior, Não tinha uma cara boa mesmo. Júlia fez que Mário subisse, tomasse um banho quente de banheira, um chá de camomila, cama. Há quanto tempo ele não dormia oito horas seguidas? Despertado na noite do quarto, a namorada ninando em seu peito, as cortinas pra lá e pra cá. Mário não via ninguém, mas tinha alguém ali, ele sabia, ele sabia..., e outra vez mergulhou nas águas agitadas de seus sonhos.

São três as badaladas que rasgam a noite de Moema. O sono trava uma batalha feroz contra o medo. Mário não quer dormir. É como se estivesse guiando em alta velocidade em uma estrada escura, se dormir o carro capota e ele morre. Mário não quer morrer. Teme ser assaltado se parar para descansar, tem que correr, não pode perder o avião que o levará ao porto seguro da Europa. Caso vá para o acostamento eles o pegarão, vão degolar-lhe, rasgarão seu corpo, arrancarão as tripas, darão de comer aos jacarés do Pinheiros.

QUATRO

Antonio acendeu um cigarro e sentou-se em um banco de cimento, no jardim, um pouco distante da entrada. Era mais de meia-noite e não parava de chegar gente. Mesmo longe e as luzes dos postes quase todas apagadas, reconhecia algumas pessoas, e se surpreendia em vê-las ali. O Dirceu da loja, há quantos anos não o via?, o pai do Gordo, e aquele com ele devia ser o Gordo, apesar de não enxergar a barriga. O que deveria sentir?, até queria sentir algo além de cansaço, e só o que tinha era vontade de dormir. Tentou pensar em coisas boas, momentos felizes. Não conseguiu, e nem ao menos se sentiu culpado por isso. Mesmo culpa, àquela hora, talvez fosse melhor que a fadiga, talvez fizesse dele mais humano.

A verdade é que nunca se dera bem com aquele pai, e agora, na morte, não o achava melhor do que fora. Também não tinha raiva dele, fazia tempo que não se falavam, a raiva aos poucos dando lugar à indiferença e à cordialidade. Não chegava a compreendê-lo, todos aqueles projetos grandiosos, aqueles sonhos de riqueza, aquelas histórias de pessoas que tinham conseguido fortuna. Mais do que qualquer outra coisa, foi isso que o afastou do pai. Os sonhos, os projetos mirabolantes, a ingenuidade. Não suportava inclusive aquela disposição excessiva, emprestando o dinheiro que fazia falta, recolhendo amigos para uma estada na pequena casa em que viviam. Se estavam apertados, era por pouco tempo, logo faria seu cemitério pra cachorro, sua criação de javalis e aquele empresário com quem mantinha contato logo compraria sua idéia do barco-motel, na represa de Guarapiranga. Isso se o Hómi antes não ganhasse na Sena. Perdia as manhãs de domingo fazendo contas que garantiriam sua aposta na semana seguinte. Por algum motivo que desconhecia, dava tudo errado e ele não ganhava, voltando a tomar notas para a bem-sucedida aposta da semana que viria. Eles iam ser ricos, eles não precisariam mais trabalhar, fariam tudo via fax, teriam um computador cada um... Detestava aquilo. Detestava ver seu pai escovando os dentes sem desligar a água da torneira, detestava ouvi-lo falar de boca cheia, detestava ter um pai trouxa. Numa noite qualquer, chegando exausto do trabalho, a conversa na mesa tomou caminhos tortuosos, as vozes se elevaram e Antonio disse tudo, terminando por gritar, O senhor não passa de um fracassado. O pai mandou-o calar e ele não calou, Fracassado, sonhador de merda!, repetiu com a força que seus pulmões permitiram. Quem calou foi o pai. Não brigaram mais, e teve pena do Hómi, jamais sairia igual a ele, em Antonio não passariam a perna, a Antonio Medeiros da Silva não enganariam, e Antonio seria mais que um simples Silva na vida, nem que pra isso precisasse roubar, matar, trair. Dias depois, entrando na copa, surpreendeu-se com o único prato à mesa, para ele. A mãe esperava-o de pé. Fez com que se sentasse, serviu-o. Enquanto comia, a mãe fitava-o em silêncio. Doce, enérgica, firme, carinhosa, brava, como definir sua mãe? Ela possuía autoridade, a ela respeitava e obedecia. Admirava-a, sobretudo. Com sua velha máquina de costura e sua fala mansa, era ela quem garantia o aluguel no fim de cada mês. Se trabalhava desde cedo, era por causa dela, e o ordenado punha em suas mãos, nunca nas dele, para que fosse jogar ou desperdiçar na lábia de um charlatão qualquer com promessa de lucro fácil. Se você quiser continuar nessa casa tem que pedir desculpa pro seu pai, ela disse, calmamente. Antonio levantou os olhos da comida, franziu as sobrancelhas. Ia falar, a mãe interrompeu-o com a palma da mão, Tem que pedir desculpas pro seu pai, se quiser continuar aqui, e tem que ser hoje, ou melhor arrumar suas coisas e ir embora. A mãe deixou-o só, sem deixar que falasse, e ele sabia que ela não brincava. Pedir perdão jamais!, não tinha do que se desculpar, dissera só a verdade. O jantar estava caprichado, frango assado com batatas, risoto, salada lotada de cebola, como ele gostava e, de sobremesa, tinha pêssegos em calda, iguaria de festa. Quando seu pai entrou na cozinha, o relógio da parede marcava dez e meia, Antonio não sabia o que dizer, Naquele dia, o senhor sabe, eu não quis... O pai não deixou que continuasse, Esquece, sorriu, tomando água no gargalo da garrafa que tirava da geladeira, Não conta pra tua mãe que eu faço isso, piscou, deu dois tapinhas em sua cabeça, Boa noite, não demora pra deitar, e foi-se dali. Quase não se falaram mais, o Hómi era fraco demais para ele, um coitado, tinha pena mesmo.

Um dia você vai entender teu pai, é um grande homem, é um homem bom, como não se faz mais, acho que é um tipo de artista, é, é um artista, um dia você vai entender e agradecer o pai que você tem, e se vocês vão ser doutores na vida é por causa dele, uma benção é que ele foi pra nós, uma benção. A mãe olhava o vazio e Antonio pensou em algo para dizer, fazia quatro horas que esperavam e não tinham notícias do andamento da operação. Chegou a abrir a boca, logo desistiu. Ela não o enxergava, falava para si mesma.

No sábado, pela manhã, a família inteira se reuniu na sala, à espera de um advogado que ligara marcando a reunião. Antonio tamborilava com os dedos no assento da cadeira onde se sentava, e esse era o único som que se ouvia. Seus irmãos também estavam inquietos, mas não se atreviam a pedir para sair, ou contar alguma piada. A mãe de Antonio, na cadeira de balanço, concentrava-se no tricô, e todos olhavam para ela, na esperança de que os dispensasse. Mesmo morto, o pai conseguia atrapalhar-lhe a vida. Nas manhãs de sábado é que jogava futebol. O terceiro tempo era no boteco, e normalmente terminava por ir almoçar na casa de Mário. Aquilo sim era casa, aquilo sim era viver. Mário dormia em uma suíte, sua irmã em outra, a avó na maior das três. No quarto de Mário tinha televisão e videocassete, além de um aparelho de som portátil que levava pro banheiro, para ouvir música enquanto tomasse banho. A avó de Mário era uma senhora gentil, não o tratava mal, mesmo sabendo que ele morava na parte pobre do bairro. Ao contrário, mostrava-se interessada pelo seu trabalho, e pela escola. Às vezes, quando ficavam a sós, ela lhe perguntava do neto, achava-o muito quieto. Nessas conversas Antonio ficava sabendo um pouco mais da vida do amigo, os pais divorciados, a mãe de Mário muito nervosa, o pai que não prestava, vivia perdendo dinheiro nos cavalos e tinha um sério problema de bebida, mas ela tinha esperança de que a filha melhorasse, achasse um bom marido, voltasse a criar os filhos, ela não se queixava, adorava os netos, eram como anjos, Mas o lugar certo deles é com a mãe. À tarde iam ao *shopping* olhar as meninas. Como gostava de olhar as meninas, puxar conversa, tomar sorvete, ir ao cinema. Às vezes conseguia o telefone, arrumava uma festa. Dançar colado, beijar o pescoço, beijar na boca. O primeiro beijo foi no cinema, e Antonio não fazia questão de lembrar, os olhos fechados, o beijo no ar, a menina que ria mostrando o aparelho que lhe consertava os dentes. Quis sumir, e foi isso que fez, foi comprar um pacote de pipoca e sumiu, ficando mais de mês sem ir ao *shopping*, querendo desaparecer toda vez que encontrava aquela que tinha sido sua namorada por uma semana. Isso já fazia mais de ano, e hoje as meninas gostavam dele, era bonito, olhava-se no espelho e se achava bonito, tirava a camisa, endurecia o peito e via que já não era tão magrinho. Até o bigode, toda sexta-feira, fazia. As meninas mais novas eram mais fáceis, as da mesma idade melhores. Queria mesmo era as mais velhas, mas faltava coragem. Não fossem as espinhas talvez até tentasse. Comprava revistas de mulher pelada e dizia que um dia teria mulher assim, um dia teria mulher assim... Mário era muito tímido para ir sem ele, e certamente estava em casa, nem ao futebol deve ter ido. À tarde Mário passearia com o cachorro, ficaria assistindo à televisão, ou iria sozinho ao cinema. Tocaram a campainha, os dedos de Antonio cessaram seus movimentos contra o assento da cadeira, cessou-se o som. Sua mãe levantou-se, entregou o tricô para uma de suas irmãs, foi atender à porta. Dois homens de paletó e gravata entraram, e Antonio imaginou que, além de tudo, o pai tinha dívidas que eles deveriam pagar.

Antonio soltou a fumaça em forma de círculos que se dissolviam no ar. Começava a garoar. Passou pelo campo de futebol, a partida estava acabando, eram poucos que ainda se dispunham a correr. Não o perceberam, e ele tampouco ficou ali por muito tempo. Andou até o boteco do Elias, ia tomar uma cerveja, mudou de idéia, comprando apenas mais um maço de cigarros. Não deixava de ter graça. Os advogados se acomodaram no sofá, abriram uma pasta de couro, tiraram uns papéis. Eles estavam ali não por obrigação das leis, mas porque gostavam muito de seu pai, e eram homens honrados, no fundo estavam ali por obrigação bem maior que qualquer papel pudesse conter. O barco-motel, projeto de seu pai, tinha a inauguração marcada para a semana seguinte, a mídia inteira só falava nisso, e até os ambientalistas tinham programado uma passeata contra, o que só podia ajudar a divulgação. Além disso, a prefeitura de Osasco se interessara pelo cemitério de cachorro, e haveria mais manifestações contra, mais divulgação. Os homens falavam, mostravam folhetos, diziam números. Por fim, um deles fez com que sua mãe assinasse uma porção de coisas e entregou-lhe um cheque. Antes de sair, eles se ofereceram para verificar o seguro de vida que seu Silva lhes contara que havia feito, providenciar o FGTS e coisas assim na empresa em que trabalhara. A mãe agradeceu, mas não seria necessário, seu filho mais velho, Antonio, se encarregaria dessas coisas, de qualquer jeito deixassem o número de telefone para o caso de o filho precisar de orientação. Não deixava de ter graça. Antonio caminhava por caminhar, sem prestar atenção aonde ia, chutando uma ou outra lata que aparecia a seus pés. Com o valor do cheque podiam comprar a casa onde moravam e ainda sobrava um pouco. O Hómi, afinal, cumpria a palavra. A velha máquina de costura não precisaria ir nunca mais ao conserto, seus irmãos menores poderiam dedicar-se somente aos estudos, como ele não pôde. Antes de sair pra dar uma volta, logo que os engravatados se foram, a mãe pediu para que fosse com ela à cozinha. Ele era o homem da casa daquele dia em diante, correspondesse, e entregou-lhe o cheque, fizesse o que fosse melhor pra família, Teu pai queria fazer de você um homem, acho que ele fez. A garoa molhava seu rosto, sua camisa grudava no corpo, Antonio já não soltava círculos de fumaça pela boca, andava por andar, chutando uma ou outra lata, sem prestar atenção nos transeuntes, nos carros, nas folhas mortas que o vento fazia rodar, os olhos fixos no chão, sem nada notar, sem notar que choravam.

CINCO

Alô!, alô! Mário podia ouvir a respiração do outro lado da linha, Alô!, e, quem quer que fosse, desligava sem se identificar. O que queria dizer aquilo? Quando pequeno, discava para casa das meninas pelas quais perdia o sono, e a coragem de falar lhe faltava. Punha o dedo no gancho e xingava-se de maricas. Não mais pequeno, o expediente, vez ou outra, fora utilizado, na hora a voz não saía. Hoje isso lhe parecia pueril e absurdo, como tantas outras coisas que o passado engole no processo de crescimento. Crescer dói, deduzira das coisas que tinha sido obrigado a ler na faculdade. Com quantas meninas deixara de sair por causa disso?, não saberia dizer, mas gostava de pensar que eram muitas. Seria trote? Seria alguém com o número errado? Mário começava a se zangar até com a mudez dos recados na secretária eletrônica. Para ele era uma só pessoa que cometia a indelicadeza de desligar-lhe na cara, ocultando-se covardemente no anonimato. Quem dera tivesse um bina para localizar os números de quem telefona, iria chamar a polícia!, melhor, iria castigar o infeliz com as mesmas armas, escondendo-se no bocal, forçando uma respiração ameaçadora.

Atrás da orelha direita, como se a orelha estivesse querendo entrar dentro da cabeça. Assim é que se manifestava fisicamente a presença estranha. No princípio não se incomodou com a sensação, acreditando ser algo passageiro, sem importância, talvez causada por alguma comida, pelo uísque do dia anterior, pela gripe que atacava a população paulistana. Com a insistência do desconforto, procurou o médico do plano da agência que, apressado em despachá-lo, lhe garantiu uma saúde de ferro. Mário saiu do consultório intrigado. Os sinais do corpo têm sempre uma razão de ser. Se um sujeito sente dor aguda na região do fígado, pode ser apendicite. Se a dor de cabeça torna-se insuportável, pode ser meningite. Se sente dor no dedinho do pé, pode ser fratura. Enfim, as dores têm a função de alertar o indivíduo de que ele sofre de algum mal, que se não tratado pode causar sérias complicações, ou acabar com todas elas de uma vez. Há também aqueles males da alma, quanto a eles Mário não se preocupava, visto que se julgava com autoridade suficiente para descartar a hipótese. O trânsito era intenso, tornando desnecessária a terceira marcha. O céu era de um cinza querendo ser azul, e Mário imaginou que no fim de semana podia viajar com Júlia, respirar um pouco de ar puro, caminhar, deixar por dois dias o carro estacionado. Sem aviso prévio a orelha enfiou-se na cabeça, Mário levou as mãos ao rosto, contraindo as pálpebras, enrugando a face, envelhecendo. Alguns metros, na calçada, um homem olha para ele. Quando os olhos se encontram, o homem desaparece na esquina. A agência estava próxima, e Mário procurou não mais pensar no ocorrido. Alemão orientou-o na hora de parar o carro na vaga que havia guardado com caixotes. Pôs a trava de direção, ligou o alarme, fez sinal de positivo para Alemão, que já tinha recebido o da semana.

Curioso, ao abrir os olhos naquele sinal, Mário teve uma espécie de certeza de que encontraria outros olhos. Devia ser coincidência, a intuição nunca foi um de seus fortes, apesar de lhe reservar um espaço importante na concepção que tinha de vida. Não era porque nunca acertava em seus palpites que ela não existia. Existia sim, mesmo que céticos como Antonio duvidassem. Uma vez, em meio a uma discussão sobre crenças, paranormalidades, essas coisas em que acreditava e que o amigo dizia ser besteira, perguntou a Antonio quais eram seus sonhos. Antonio calou-se por instantes, encarou-o, disse sério, Sonho é coisa pra desocupado. A conversa esfriou, só restabelecendo seu calor quando Antonio declarou estar colecionando em vídeo várias atuações das seleções de 70 e de 82, só para provar que a de 82 era melhor e, não fosse o Rei, ganharia de goleada. Isso fazia tempo. Ao menos quanto ao futebol, Antonio já deveria ter posto a mão na consciência e percebido que asneira costumava falar. Imagina, comparar o time de 70 com qualquer outro!

E os olhos se multiplicaram no passar dos dias, a orelha afundando, a certeza de que estava sendo observado. Não podia ser coincidência, pois acontecimentos que se tornam repetitivos saem da categoria de coincidência para ingressar em outra. A categoria, por assim dizer, dos preestabelecidos, em que o ato de coincidir não é casual, e sim causal, ou proposital, não tendo nada a ver com a tal sincronicidade que certa vez estudara, e que na verdade nunca entendera direito. Enveredando por esses caminhos imprecisos que as idéias percorrem, Mário decidiu que havia algo acontecendo, algo cujos contornos não conseguia estabelecer. Uma coisa estava certa, existia uma razão para tantos olhos. E tirou sua primeira conclusão.

No começo ficava satisfeito ao encontrar seu observador, confirmando sua intuição que finalmente funcionara. Com a constante repetição do fenômeno – sim, porque aquilo era um fenômeno, ele sabia, a mão na orelha, olhos em seus olhos – a irritação aumentava, a ponto de Mário perguntar agressivo, aos donos dos olhos, Algum problema?, tá olhando o quê? Certa vez quase saiu no braço com um rapaz que disse estar olhando um otário bunda-mole, e daí? Estavam num bar, o rapaz bêbado, Mário também. Nessa noite Júlia se zangou, deixasse ela em casa, que briga de bêbado já bastava a dos irmãos, no interior. Será que não era o caso de ele fazer boxe ou caratê pra extravasar?

Ninguém parecia chamá-lo, e o vulto esgueirando-se pelo canto do olho foi diversas vezes perseguido, conseguindo escapar de lugares onde a fuga parecia impossível, na garagem do prédio, na cozinha de casa, na sala do chefe. Haveria alguma relação entre esses fenômenos? Mário temia que sim, e ainda que tentasse se manter distante, eles o perseguiam com insistência. Sentia-se vigiado, uma presença o acompanhava, e tudo concorria para que, contra a sua vontade, sua intuição acertasse: ele era alvo de alguma coisa. A segunda conclusão chegava como conseqüência óbvia e imediata da primeira.

Júlia via o namorado inquieto, pensativo, nervoso. No momento mais inusitado, Mário se virava, a mão na orelha, os olhos agitados, como que à procura de alguém. Isso quando não avançava numa pessoa ou num grupo perguntando por que estavam a fitá-lo. Ela não gostava disso, mas também não se escandalizava. Seus irmãos eram piores. Brigavam nos bailes, surravam quem era de fora da cidade, punham açúcar nos tanques dos carros importados dos boyzinhos de São Paulo. Acostumara-se com os olhos inchados, o roxo no corpo, as ameaças de que se fulano de tal chegasse perto dela o arrebentariam. Ser a caçula de quatro irmãos, única menina, era muito ruim.

Só começou a ficar bom depois que ela se mudou para fazer faculdade. A família achava certa graça neles, e só quando o delegado ameaçou com uma noite no xilindró é que os irmãos se acalmaram. Agora era diferente, o Joca estava casado, dois filhos. O Beto namorava fazia quatro anos e falava em casamento. Adorava passar alguns dias com ela, saía com várias mulheres, inventava várias desculpas para a noiva Terê, que ligava nos horários mais diversos só para saber onde ele andava. Por que não comprava um celular? Júlia brincava com o irmão, Celular?!, cê tá louca, foi a pior coisa que inventaram!, Mas vocês não vão casar?, Claro que vamos..., e fazia ar de malicioso. E por aí seguiam as conversas com seu irmão mais divertido. Temeu que eles implicassem com Mário, ele era muito diferente do conceito que os três faziam de homem. Mais que isso, Mário era do tipo dos que mais gostavam de bater. Para sua surpresa nada aconteceu, e com algum otimismo poderia dizer que eles se deram bem.

Está acontecendo um troço esquisito, você alguma vez sentiu aquela sensação de não estar só, assim, como se alguém estivesse te vigiando?, pois é, não sei se é da minha cabeça, mas eu tô andando com essa impressão, sabe, eu sinto que tem alguém me olhando sempre, minha orelha direita me avisa, não é dor, mais um susto, ela parece que afunda, não ri, é sério, sabe aquele negócio de intuição de que eu te falei outro dia?, outra coisa também é que a toda hora eu ouço meu nome, não ri!, é sério, sem falar nos trotes...

Mário achou por bem não mencionar os vultos. Júlia riu, entendendo o porquê de tantos ataques. Ela já vira isso acontecer, o dono da produtora, quando do confisco da poupança promovido pelo governo, não fora internado em uma clínica de repouso para evitar o ataque cardíaco? Para que ele não ficasse zangado, disse que estava trabalhando demais desde que fora promovido, Você por acaso ouviu falar em estresse, querido? Há quanto tempo não tirava umas férias?, dois anos?, então!, se quisesse, ela não sabia se era o caso, podia procurar um médico, Isso é tensão! Meses depois Júlia não riria mais e, aos berros, recomendaria o psiquiatra e o hospício.

Mário sobressaltava-se por qualquer coisa, assustando com seus sustos quem o acompanhasse. Ainda não tinha noção de que a perseguição era organizada e de que, com seu corpo morto, iriam alimentar os jacarés do rio Pinheiros. Depois da tentativa frustrada de se abrir com Júlia, resolveu calar. A penumbra de seu apartamento, as luzes de Moema entrando pela janela, a garrafa de uísque aberta sobre a mesa de centro, a música de Dorival Caymmi saltando das caixas de som, preenchendo o vazio. Mário, sem sapatos, relaxado no sofá, mexia o gelo com a ponta do dedo. Teria Júlia razão? Então tudo o que sentia era fruto de sua imaginação?, seria paranóia a palavra certa? Era verdade que vinha num ritmo de trabalho maluco e dificilmente dormia mais de seis horas por noite, mas ele era jovem, forte, e não se achava do tipo com problemas para suportar a pressão. Pensando nisso, empurrou com cuidado a garrafa com os pés, andava bebendo demais. Seria bom consultar outro médico?, estresse? Mário não chegava a qualquer terceira conclusão. Se por um lado procurava explicações para o desatino do julgamento que fazia, por outro sentia que o que vivia era real. Ainda embaralhando os pensamentos, foi para o quarto, estatelando-se na cama desarrumada do dia anterior.

Pela manhã a idéia de procurar um médico pareceu-lhe absurda. Estivesse doente, nada que um fim de semana na praia, esticado na rede, não pudesse curar. O mar, o mar, repetia Dorival Caymmi enquanto Mário tomava um copo de leite. Gostava de Dorival, além de cantar o mar, tinha a voz aconchegante, a voz que um pai deveria ter.

Mário e Júlia chegaram a São Sebastião por volta das onze da noite. Atravessaram a balsa depois de ficarem meia hora na fila e, enfim, estavam em Ilha Bela. Demoraram um pouco para achar o hotel, encontrado depois da indicação de um homem que pescava com uma luz no lugar da bóia, É pra pegar espada, disse. Superava as expectativas. Era uma suíte ampla, tinha frigobar, TV, ar-condicionado. Uma banheira ocupava metade do banheiro, e foi lá que deitaram nus, o jato da hidromassagem, a água morna temperando o amor. O mar revelou-se em sua plenitude na manhã seguinte, quando também descobriram a varanda e, para alegria de Mário, uma rede. Precisavam combinar de voltar ali com Antonio e Paula. Empanturravam-se de frutas, iogurtes, cereais. Eram crianças em um hotel de luxo, queriam tudo experimentar. Brincar era bom, mergulhar sob as ondas era bom, dar caldos na Júlia era bom. Depois a piscina do hotel, apostar corridas de natação, fazer tentativas de saltos mortais. Almoçaram peixe-espada, para ver se valia a pena ficar pescando de madrugada, beberam garrafas de vinho, jogaram pingue-pongue. À noite passearam a pé pelas ruas do centro, mãos dadas, sorvete lambuzando-lhes boca e roupa. Dormiram abraçados, como não era o costume, e mais de uma vez acordaram e se encontraram embaixo dos lençóis. A vida era tão fácil! Na estrada, Júlia de olhos fechados, cabeça apoiada na janela, boca levemente aberta. Mário desejou tê-la conhecido criança, vê-la andar a cavalo como ela contava que fazia, protegê-la no frio, abaná-la no calor, levar flores para ela sem que houvesse motivo. Tão bom tudo era! As sombras tinham sumido. Ninguém na ilha chamou por ele, a orelha comportando-se bem. O que sentia, saindo da Tamoios e pegando a Dutra, devia ser aquilo a que chamam felicidade. Era boa a felicidade. O toca-fitas fazendo cantar a voz paternal que tanto gostava. Podia até morrer. Acordou Júlia já estacionado na frente do prédio dela. Esperou que ela entrasse e lhe acenasse, ainda sonolenta. Chegou em casa a tempo de assistir ao programa do Juca Kfouri. Então, Júlia tinha razão, era tensão mesmo. Será que não era hora de convidar Júlia para morar com ele? Adormeceu antes de ver os gols da rodada.

Segunda-feira nem parecia segunda-feira. Mário acordou disposto, o ar quente inundou-lhe os pulmões na primeira respirada do dia, enquanto São Paulo assistia à sua espreguiçada na minúscula varanda que saía da sala. Os pontos de ônibus da avenida Ibirapuera estava lotados, um avião chegava em Congonhas sem fazer barulho, Mário nem se irritou com o caminhão de som na porta do banco incitando os funcionários à greve. Até o trânsito para o trabalho estava menos nervoso. Era como se aquele sol pálido iluminasse a todos. Naquele dia Mário fez brincadeiras, riu de piadas tolas, ouviu com bom humor as opiniões estúpidas do cliente. Não houvesse os olhos da Monalisa seguindo-o onde quer que estivesse, teria esquecido de toda essa história de vultos e sensações estranhas. Tudo não teria passado de estresse, como queria Júlia. E a terceira conclusão seria definitiva: não passava de bobagem da sua cabeça.

Mário apanhou Júlia perto das nove, iriam encontrar os colegas de trabalho dela em uma cantina italiana na rua Treze de Maio. Enfeitada com fitas verdes e vermelhas, provolone e garrafas de vinho por todo o teto. Aqueles tipos que não ia com a cara, naquela segunda-feira que nem parecia segunda-feira, não lhe pareceram tão boçais. Ensaiou até uma conversa inteligente com o menos folgado deles, um rapaz que sonhava com a fama. Era guitarrista, tinha um conjunto de rock de nome impronunciável e ganhava a vida fazendo trilhas para comerciais. Era por pouco tempo, logo uma gravadora se interessaria pela fita demo que estavam terminando de gravar. Era esse o problema daquelas pessoas. Não criavam por prazer, como ele fazia. Eram todos operários, usando a produtora como trampolim para alguma coisa. Mesmo Júlia, sabia, estava só adquirindo a experiência necessária para abrir sua própria empresa. O dinheiro para isso o pai já havia prometido. Alguns ali tinham anos de produtora, o tempo tornando-os recalcados e maçantes, as lembranças do dia em que quase chegaram a ser algo, mas... Sempre tinha um mas. Além disso, cada qual era melhor que o outro, entendia mais de cinema, mais de música, tinha um que dizia até gostar de ópera. Ninguém naquela mesa assistia à novela, porém discutiam os atores, a trama, os personagens. Invariavelmente falavam em propaganda, e as atenções se dirigiam a ele. Criticavam, fofocavam, poderiam ter feito um *jingle* melhor que o do concorrente. Por aí seguia. Mário, primeira vez, achava divertida toda aquela sabedoria, que aumentava com o vinho tinto. Tudo ia bem, melhor do que tinha imaginado quando concordou em acompanhar Júlia. Tudo bem, não fosse alguém no outro lado da mesa gritar seu nome. Virou a cabeça, não pareciam chamá-lo, e o par de olhos da Monalisa o encaram, aprisionam.

Aquela pintura desde pequeno o intrigava. Quando fez o curso de fotografia, praticava tirando fotos de pessoas que olhassem para a objetiva. Todas elas, depois, grudadas no box de vidro para secar, trocavam olhares com ele. Tanto o fascinava que gastava longos minutos hipnotizado pelo olhar das fotografias. Diz-se que alguns índios não se deixam fotografar porque acreditam que terão sua alma aprisionada pela câmara. Era isso mesmo que acontecia, Mário pensava, a foto rouba a alma do sujeito, tá vendo, é pelos olhos que se reconhece a alma, que se lê o cara, se você grava isso tem a alma dele. Foi assim que explicou certa vez a Antonio, quando a garrafa de pinga beirava a metade e o baseado acabava de queimar.

Os olhos da moça do Louvre despertaram-no. Por um momento assustou-se, não reconhecendo onde estava. Era o quarto de Júlia. Na boca o gosto de ressaca. Levantou-se, foi à cozinha beber um copo d'água. Mário! Voltou rápido. Oi, tô aqui, você me chamou... Júlia quieta, olhos fechados, respiração suave. Não, ela não o chamara. Devolveu a garrafa à geladeira, enfiou o corpo nu embaixo do chuveiro, a embriaguez ainda não o abandonara. Quando deitou, mal enxugado, podia jurar que sua orelha fazia força para entrar dentro da cabeça.

Não, não é da minha cabeça, existe.

Júlia dormia quando Mário resolveu ir para casa. Deu-lhe um beijo leve na boca, disse que partia, ela reclamou qualquer coisa sem efetivamente acordar. O relógio do microondas marcava cinco e cinco, num azul digital que demorava para se tornar nítido. Mário foi tropeçando até o elevador, a camisa pra fora da calça, o cabelo despenteado, os sapatos calçados como chinelos se arrastavam no andar desigual que atravessava a rua para chegar ao automóvel, abrir a porta com dificuldade, demorar para encaixar o cinto de segurança. O retrovisor mostrou um carro de luz apagada sair na mesma hora em que Mário saiu, Não é assim que acontece nos filmes americanos? Mário virou à direita, o carro amarelo de vidro preto o seguiu, Mário tornou a virar, no retrovisor os mesmos faróis apagados, Mário acelerou, não respeitou nenhuma sinalização, cantou pneu nas curvas, saltou nos quebra-molas. Cê judiô do carro, hein, mano!, lhe diria o mecânico, dia seguinte, quando foi à oficina verificar o barulho na roda. Ninguém apontava no espelho, tinha conseguido. As seis badaladas da igreja deitaram-no na cama, antes das oito Júlia ligava louca da vida, isso não se faz, ir embora assim!, xingou-o e desligou o telefone na cara. Três dias seriam necessários para que ela se acalmasse e tudo voltasse ao normal. Nada mais voltaria ao normal.

SEIS

Faltava só passar graxa nos pneus. Com as mãos na cintura ficou algum tempo procurando alguma mancha, algum risco. Exalou ar quente pela boca e passou a flanela no vidro embaçado. Gostou de ver a luz refletindo no vermelho da lataria. Brilhava mais que carro novo. Antonio olhou no relógio e percebeu que estava atrasado. Ao entrar em casa, a irmã grita por ele, É o Mário no telefone!, Diz que daqui a meia hora passo lá. Tomou um banho rápido, fez a barba. Inflou o peito nu na frente do espelho, enrijeceu os braços dobrados na frente do corpo, endureceu a barriga para ver a definição dos músculos. Ainda teria que fazer muita ginástica e musculação, ao menos já não era tão magricela. Penteou o cabelo, a mão amassando uma ponta que sempre ficava espetada. Ele tava precisando comprar gumex. Abriu a porta do armário e ficou analisando as calças. Decidiu-se pela bege nova. Antes mesmo de vesti-la, desistiu, pegando o jeans que tinha comprado no *shopping* Iguatemi. Tentou a camisa azul, a vermelha listrada, terminando por escolher a xadrez amarela. Olhou no espelho outra vez, aquela ponta de seu cabelo voltava a espetar. Antonio foi até a gaveta, pegou uma tesoura, cortou a ponta. A pequena falha não se notava, e ficou satisfeito. Ele estava bonito, a mãe disse, disse também para ir com cuidado, não beber, não fazer besteira que tava cheio de bandido por aí, não chegasse tarde que tinha de estudar no fim de semana. Antonio beijou-lhe a testa, e ela voltou a prestar atenção na televisão. Era um prazer olhar aquele carro. Bancos Recaro, vidros escuros, o painel com luzes vermelhas, comprado em um desmanche. O toca-fitas era dos melhores, e tinha pago uma pechincha por ele. Virou a chave, o motor revelando-se nervoso, o Décio tinha feito um bom serviço. A idéia de rebaixar a suspensão e trocar os pneus por mais largos tinha sido animal. Acelerou duas vezes, que barulho! O escapamento duplo, carburador mexido, e o Décio dizia que tava arrumando um turbo pra envenenar mais a máquina. Carro de bacana não dava pau nele não. Uma vez deixou até um Diplomata pra trás! Mário esperava-o sentado na guia. Antonio fez soar a buzina de Mercedes recém-instalada.

– Tem mina nessa festa aí?

– Tem, bastante.

– Deve ter mesmo, diz que na psicologia só tem mulher, e cada gostosa, eu não entendo como você foi fazer esse troço.

– Puta merda, lá vem você de novo, não enche o saco vai, Antonio!, e não tem um som melhor pra tocar!

– MPB?, cê tá maluco!, puta coisa chata.

– Outro dia quando eu pus uma fita minha você bem que gostou.

– Eu tava chapado, vamos passar em algum bar nos Jardins pra fazer hora?

– E a Aninha?

– Meu amigo, é um furacão, mas anda com um papo aranha, me convidou pra jantar na casa dela, conheci o pai, daqui a pouco a mina quer anel de compromisso!

– Esse bar aí é novo, vamos?

– Tá meio caído.

– Porra, Antonio, não são nem onze horas, você quer o quê!?

– Garçom, dois chopes, uma fritas.

– E aí, esse ano você passa?

— Passo, tô estudando feito uma mula, larguei até o serviço, não te falei?, só que não quero mais administração, vou prestar Poli.

— Mas é difícil pra caralho!, só japonês consegue, nem a besta do Adolfo conseguiu, e olha que o cara estudou oito horas por dia.

— Ele é burro, eu sempre disse isso, e me conta, e esse mulherio da tua faculdade?, são ajeitadas ou só tem jaburu?, mais dois chopes por favor, e pede pra apressar as fritas, sabe que você fala, fala e eu não entendo por que você escolheu isso, ganha mal, tem que mexer com louco, gente complicada é um saco, pára com isso!

— Também não acho engenharia grande coisa.

— Pode não achar, mas ganha bem, pode trabalhar em um monte de lugar, até em banco, e quem sai da Poli tem emprego garantido e um puta salário.

— Sei, mas precisa entrar.

— Eu vou entrar.

— Por que você disse que ela é um furacão?

— Quê?

— A Aninha, você disse que é um furacão.

— Tá interessado?

— Não, só quero saber.

— Cara, eu nunca vi coisa igual, garçom, vê a conta pra gente, a mina sabe da arte, me fez ir com ela no banheiro feminino no cinema, durante a sessão, me agarrou lá, ela faz cada coisa!, essa daí é rodada, onde será que aprendeu, hein?, que língua, huummm...

— Puta mentiroso!

– Tá interessado nela.

– Tô nada, olha a conta aí.

Antonio nunca tinha visto nada igual. Não era do tipo que ficava sem graça, uns o achavam até cara-de-pau. Aquilo era novo pra ele, a sensação era nova, uma espécie de desconforto, de não saber o que fazer com as mãos, de sentir pesar os olhares. Começou a suar quando procurava lugar para estacionar. Rua assim cheia só perto do Pacaembu, em dia de jogo, só que lá os carros não eram tão novos. Não era amistoso o jeito que as pessoas olhavam para eles, alguns mexiam a cabeça como que dizendo não, talvez Décio tivesse exagerado no barulho do escapamento. A casa era enorme, grande como não pensava existir, então aquela era uma das famosas mansões do Morumbi? O rapaz que os recebera orientou-os a seguir pela direita, na sala de jantar estavam sendo servidos bebes e comes, e a festa era no salão, atravessando o jardim, não tinha erro. Andando na direção indicada, Antonio prestou atenção, com o canto do olho, na sala que crescia a seu lado. Senhores fumavam charutos, copos de uísque nas mãos, risadas. Rico ri à toa. Da sala de jantar, enquanto um garçom enchia seus copos de cerveja, pôde divisar a lareira e um lugar, atrás de uma porta-balcão fechada, que devia ser a biblioteca, porque rico tinha biblioteca. A música vinha lá de fora. A piscina, no meio do jardim, parecia de clube. Tudo ali parecia de clube. A casa era um clube. As meninas todas maquiadas passavam por eles deixando no ar um perfume gostoso, e até as feias não eram tão feias. Por que você não me disse que era festa assim?, Antonio perguntou, mas Mário não ouviu. Aninha era até mais bela que algumas ali, porém não conseguiu deixar de sentir pena dela.

O salão era como uma discoteca, luzes coloridas piscando no ritmo da música que o DJ punha. Era ele também que devia controlar a luz estroboscópica, Antonio deduziu. Os caras ali eram diferentes, alguns deles se vestiam com displicência, *jeans* rasgado, camiseta branca, e havia até quem estivesse com barba por fazer, usasse brinco, cabelo comprido, camisa de clube de futebol. Não importa o que vestissem, podiam estar com macacão de operário, podiam estar pelados, que o mundo deles continuaria superior ao seu. O modo com que olhavam, a desenvoltura com que falavam, mesmo o jeito como seguravam o copo denunciava a condição social daquela gente. Eles tinham pai rico, dinheiro, educação. Certamente ninguém ali trabalhara na vida, e alguns talvez nunca o fizessem. O mundo daquele povo era o mundo que queria para si.

Um puxão pelo braço liberta-o de seus pensamentos, Este aqui é Antonio, Ela é a Cláudia, a festa é dela. Antonio estendeu a mão, mas Cláudia cumprimentou-o com um beijo no rosto. Essa é minha prima Paula, Mário, que estuda comigo na faculdade, Antonio, um amigo do Mário, vocês não querem dançar? Embora não quisesse, Antonio não recusou, não havia como recusar. Amontoaram-se entre cotovelos, braços e pernas que se agitavam no compasso que o rapaz atrás da parafernália de som impunha. Coube a Paula ficar à sua frente. Só então reparou nela. Loira, olhos azuis, diferentes dos da Aninha. Aninha usava lente de contato, tingia o cabelo. Aninha desejava ser essa menina com quem dançava, como é o nome dela mesmo?, Antonio não lembrava. Não podia censurar Aninha, também ele deseja ser aqueles caras, estar de camiseta branca e *jeans*, estar sempre à vontade. A menina fala alguma coisa que ele não entende, chega perto e grita, Vamos tomar uma cerveja? Ele assente, naquela noite com que não concordaria? Vira-se para Mário, na esperança de que o acompanhe, contudo Mário não o vê. Antonio atravessa o jardim atrás da menina, passam pela piscina. Como ela é alta!, não tinha reparado, é quase da sua altura. Ela se serve de cerveja, Antonio faz o mesmo. Você também não conhece ninguém aqui?, Não, Desculpa, mas como você se chama mesmo?, Antonio, e você?, Paula, sou prima da Cláu, você é amigo do Mário, né, a Cláu fala bem dele, você faz o quê?, Eu tô me preparando pro vestibular... Quem mais falou foi ela. Contou que fazia faculdade de jornalismo, que pretendia trabalhar na televisão, que gostava dos livros de um tal Rubens Fonseca, e surpreendeu-se quando Antonio disse nunca ter ouvido falar. Rosto de anjo ela tinha. Fosse outra festa, outro lugar, chegaria perto, faria rir, beijaria o pescoço, chamaria de minha flor, beijaria a boca, apertaria aquele corpo contra o seu. Depois levava para dar uma volta em seu carro, punha a mão na perna, punha no rádio uma música lenta da Madonna, declarava amor, falava em casamento dali a alguns anos, falava o que precisasse para a menina se abrir. Quase sempre abria, se não abrisse permitia, mesmo sem permitir, a mão no peito, por baixo da camisa, o que era melhor que nada. E o que falar pra essa menina?, era tão pequeno perto dela, Eu vou entrar na Poli. Surtiu efeito. Ela olhou-o divertida, Não é fácil, Mas eu vou entrar, Como você pode saber?, eu também achava que entrava na USP e não entrei, Eu sei que vou entrar. Mário se aproximou e, como de costume, queria ir embora. Dessa vez Antonio não encrencou, ir embora era uma boa idéia. Ao se despedir de Paula pediu-lhe o número do telefone, coisa que a muito custo conseguiu fazer. Não imaginava que pedir o telefone pudesse ser tão doloroso, era isso que Mário devia sentir, por isso nunca pegava telefone de ninguém, por isso não saía com menina alguma. Agora entendia um pouco daquele medo. Para ele tinha sido sempre tão fácil, se uma não topasse, outra topava, alguma no final topava, e nem bonita precisava ser. Mário sofria por mulher, ficava tenso por causa de mulher. Mulher era pra relaxar. Mário escolhia sempre uma menina que não pudesse alcançar, era sempre assim, parecia gostar de sofrer. A Aninha nem existia, e foi só começar a sair pro Mário sofrer. Era só a Aninha ficar livre, dar bola, que o Mário se desinteressaria. Vai entender..., um dia ainda convenceria Mário de ir na zona com ele.

– Essa Cláudia aí tá a fim de você.
– Não amola, vai!
– Já ouviu falar num Rubens Fonseca?
– Rubem Fonseca, tenho dois livros dele.
– Me empresta?
– Por quê?, cê detesta ler, nem os livros da escola lia, meu, eu tinha que contar a história pra você fazer a prova!
– Empresta ou não?
– Claro, e a Aninha?
– Quê?
– A Aninha?, você comeu?
– Ela não quer mais nada comigo, ela é sua.
– Você comeu?
– Não.

Não queria saber da Aninha, não queria saber de mais nada da parte pobre do bairro. Iria ler Rubem Fonseca. Estudaria como jamais tinha estudado na vida e ia entrar na Poli. Como politécnico teria coragem de ligar para aquela menina, Paula. Nome bonito. Rosto de anjo, verdadeiro. Precisava falar com jeito com a Aninha, fazer parecer que era ele quem levava o fora. Precisava convencê-la, ela também teria que mentir pro Mário. Mas isso não seria difícil. À noite, antes de se recolher, Antonio contemplou seu carro com tristeza nos olhos. Aquilo era o que de mais valioso possuía, anos de salários economizados na poupança. Como valia pouco, como era ridículo. Melhor era tentar dormir, antes que vingasse aquela vontade de chorar. Ele detestava chorar, era coisa de maricas. Fosse como fosse, ainda dava pau em carro de bacana. Eram eles os otários!, e rasgou o papel com o número do telefone da loira.

SETE

O corpo preto entra na cozinha, Mário grita, não adianta, ele se foi. O corpo preto olhando-o enquanto almoça, Mário vira a cabeça e o vulto não está lá. O canto do olho vê o corpo preto se esgueirar para o banheiro masculino. Lá, apenas um servente que esfrega o chão, prestando atenção no jogo de futebol que o radinho narra. Mário!, Mário!, e Mário procura quem chama por Mário. A secretária eletrônica grava a respiração de alguém que desliga em seguida, sem deixar mensagem. As coisas voltaram a acontecer com força, por mais tempo e quase sem intervalos. Chamavam-no, o vulto, a orelha mergulhando no cérebro, a crescente dificuldade para dormir, enganada com remédios e bebida. Logo após o fim de semana em Ilha Bela, parecia que os fenômenos queriam se vingar da fuga e atacavam-no de todas as maneiras que pudessem. Depois da bonança, a tempestade. O carro amarelo com vidro preto aparecia do nada quando ele dava a partida no motor. Os faróis apagados em seu retrovisor. Quem não conhecia Mário via nele um sujeito de poucas falas, desconfiado, nervoso. Os amigos achavam que não era moldado para suportar a pressão, ao contrário do que julgava. Por isso, o excessivo consumo de bebida alcoólica, o silêncio tumbal, os gestos bruscos, aquelas histórias malucas sobre um carro amarelo. Júlia mal o via. A briga pelo abandono no leito estava superada, o que ela já não engolia eram as explosões de Mário. Uma viagem de duas semanas para o Rio, a trabalho, era o tempo que ambos precisavam para repensar a relação. Apesar de tudo o que lhe movimentava a existência,

Mário nunca aprovara peças tão boas, boas a ponto de o cliente aumentar em quarenta por cento a verba publicitária e estudar seriamente uma campanha para toda a América Latina. De uma semana para outra seu nome apareceu no mercado.

Certa noite, no balcão de um bar-livraria na rua Fidalga, onde fora abandonado pelos colegas de agência, Mário, segunda vez, tentou arrumar a desordem em que sua vida se transformara, avaliando suas conclusões, tirando outras, definindo um padrão, inventando uma verdade em que pudesse acreditar. Pediu outro chope para acompanhá-lo nos pensamentos. Antes de mais nada não podia deixar de considerar a opinião dos outros, não era esse seu *métier*, aguçar o desejo das pessoas, formar opiniões favoráveis sobre um sabão em pó ou uma espuma de barbear? O senso comum pensava-o estressado, se é que isso não é um paradoxo, senso comum pensar. Mário riu e pediu outro chope. O senso comum atribuía as coisas que via à sua cabeça, explicando que não é raro a tensão gerar esse tipo de deturpação. Não era a primeira vez que se sentia perseguido, e uma história que tinha acontecido fazia anos, voltava de seu exílio para fazer com que os chopes fossem sorvidos com maior rapidez. Estava na quarta série, o mês de novembro era arrancado da folhinha, os exames finais invadiam o sonho daqueles que precisavam de nota. Mário era um desses. Falsificara a assinatura da mãe no último boletim, ludibriara os pais com uma história de que a escola passava por uma reformulação e que, no bimestre, as notas só seriam entregues aos alunos em recuperação, como, evidentemente, não era o seu caso. Pode ir lá perguntar pra diretora pai, e os pais, confiando no filho, de médias altas, e conhecendo a diretora, um pouco desequilibrada, relevaram a questão. Afazeres mais importantes ocupavam seu tempo. Eles construíam a casa própria, que entrava no segundo ano de brigas, acentuadas pelas apostas sempre perdidas no Jóquei. Quanto à irmã, nada que meia dúzia de chocolates não resolvesse. Aí começou seu inferno. Qualquer olhar dos pais mais insistente, um riso da irmã sem motivo aparente, a simples menção do nome da diretora lhe sobressaltava. Passou a medir as coisas que falava, a dissecar com seus olhos desconfiados todos que se aproximavam. Tornou-se irritadiço e por duas vezes brigou no recreio. Mário tinha certeza que os professores pegavam no seu pé mais que o usual, as meninas, em suas conversas, olhavam para ele e gargalhavam. Até mesmo os bedéis o estavam tratando de maneira diferente. No jogo de futebol era caçado em campo. Nas chamadas orais era o primeiro a ser exigido. Conspiravam contra ele, então com onze anos incompletos. Tornou-se, de um bimestre para o outro, um garoto triste, taciturno, rancoroso com a vida. Fechou-se em si mesmo, tentando proteger-se do mundo à sua volta, embora ainda assim se sentisse observado. Vez ou outra pensava reconhecer bedéis e professores nos transeuntes que passavam na frente da casa alugada em que moravam. As figuras de preto, ou de avental, fugiam de seu olhar para não serem desmascaradas. Terminadas as férias, começava um novo ciclo em sua vida. O sucesso nos exames fez seus vigiadores partirem, mas eles levaram consigo sua família. Os pais se separavam, ele e a irmã indo morar com a avó, uma nova escola para um novo Mário.

Será que estão atrás de mim desde menino? A questão se pôs naturalmente, apareceu como uma possibilidade concreta e bastante razoável. O sexto chope, misturado com um cálice de steinhager alemão, vencia qualquer outra hipótese. O senso comum ditava que estava ficando neurótico, ninguém dizia neurótico, porém era neurótico a palavra que os colegas falavam, ele sabia. Será que não tinham razão? Não, não tinham, e decidiu que seus sentimentos e sensações pesariam mais nessa balança. Se não fazia sentido estar sendo perseguido e associar essa perseguição ao tempo de menino, o modo como sentia as coisas traçava uma linha coerente de arrepios, suores, taquicardias, que o apontavam como vítima de alguma coisa. Algo lhe soprava que não era de hoje que estava sendo observado, quiçá de pequeno, como poderia ter certeza? Depois dessa fase de exames, apareceram em seus olhos dezenas de situações que serviam para confirmar suas desconfianças. As vezes em que o tomaram por outra pessoa, as correspondências com seu nome grafado errado, todas aquelas pessoas que ligavam para sua casa dizendo estar vendendo um produto tal, aquele dia em que ganhou uma rifa cujo bilhete não se lembrava de ter comprado, os objetos que sumiam do lugar onde certamente os tinha posto, as marés de azar pelas quais passou, as festas a que não fora convidado. Tinha ainda aquele pneu propositadamente furado fazia algumas semanas. Todas essas circunstâncias e muitas mais, como o silêncio de um motorista de táxi ou alguém lhe pedindo um cigarro, encaixavam-se como peças de um quebra-cabeça que identificavam sua situação. Estava sendo controlado desde criança, estava claro como a espuma do nono chope que o garçom trazia. O gerente, atrás do balcão, insistia para que ele pedisse a conta, bebera além da conta. Mário não gostou do trocadilho, e negociou um décimo chope, trazido em seguida acompanhado da carteirinha de couro vinda do caixa. Preenchendo o cheque, lembrou-se da cartomante, como pôde esquecê-la?, ela viu tudo!, os olhos vermelhos, esbugalhados, recusando-lhe o futuro na mão canhota, estendida como um suplício. Um tremor assaltou-lhe. Haveria evidência maior que essa?

Mário acordou com a luz do dia ofuscando-lhe a visão. A janela aberta trazia os sons de São Paulo, que se confundiam com as ondas de um mar distante, num sonho, perdido pelo despertar. Como chegara em casa? Recordava-se apenas de um ou outro semáforo na avenida Brasil, mais nada. Foi à cozinha e virou dois copos d'água. Saí do bar, um cara veio e eu dei uma grana por causa do carro, tinha umas meninas num conversível, acho que mexi com uma puta na República do Líbano, a cartomante! Mário desligou o chuveiro. Os fatos se restabeleceram, com grandes falhas é verdade, mas o essencial não fora perdido. Do trabalho ligaria para Antonio, convidando-o para almoçar.

Numa das mesas na praça de alimentação do *shopping*, enquanto esperava o amigo, reparava que o faxineiro, um garçom e uma senhora conversando no telefone celular disfarçavam a vigilância. Mário chamou o faxineiro, Opa!, algum problema?, Não senhor. Antes que os insultos voassem sobre o rapaz, Antonio chegou. Paletó ajeitado com cuidado sobre a cadeira, o caloroso abraço que tornou em instantes sem importância os meses que não se viam. O rapaz da faxina aproveitou para escapulir. Trocaram novidades, Antonio estava fechando negócio para a compra de outra fábrica, Mário estava ganhando prêmios, Paula ia bem, Júlia estava no Rio e Mário não sabia se a relação deles ia durar muito, como Antonio sabia, ele ainda iria morar na Europa, sozinho. Melhor que pedissem logo a comida, Antonio tinha uma reunião marcada para as duas. Depois que chegou a bebida, Mário começou a falar, o carro amarelo, os vultos, as vozes, a orelha e seus impulsos de escafandrista no mar de sua cabeça. Antonio riu, tentava fazer algum comentário sério, porém a gargalhada o atropelava. Deixa pra lá seu puto!, disse Mário irritado. Bem, vamos ao que interessa. E Mário lembrou Antonio da cartomante, você lembra, lá em Arraial d'Ajuda?

Porra Mário!, aquela menina tava completamente bêbada, drogada ou sei lá o quê, só porque tinha um lenço colorido na cabeça é cartomante?, pára com isso!, você devia tá pior que ela, ela não leu a tua mão porque você passou uma cantada muito ruim e disse que não ia pagá nem fodendo, caralho!, olhos vermelhos, esbugalhados?, cê anda lendo Machado de Assis?, ela tava é de fogo procurando algum otário que não tivesse confiança no futuro, não, não, o que eu não entendo é de onde você desenterrou essa história, melhor comer, que meu pai morreu de repente, cada uma..., ah!, mesmo que ela fosse séria, estivesse sóbria e fosse bonita ainda por cima, o que não é o caso, isso é uma puta palhaçada!, isso de saber o futuro não existe!

Antonio era um cara difícil, besteira Mário ter se aberto com ele, em todo caso precisava saber direito aquela história da cartomante, uma vez que, de fato, estava de porre. Antonio era cético demais, tinha que ser engenheiro mesmo. Por vezes não entendia como o tinha por melhor amigo, ainda mais com aquela volúpia desenfreada que parecia nortear sua vida. Mulheres, começava aí a diferença. Gostava das morenas, Antonio das loiras, torcia pelo Corinthians, Antonio era palmeirense fanático, era petista, Antonio votava em empresário, e por aí seguia. Verdade que a proximidade dessas diferenças foi fundamental para sua formação, Mário bem o sabia e agradecia o amigo por isso. Sempre sobrou em Antonio a coragem que lhe faltava. Foi Antonio que o levou na zona pela primeira vez, libertando-o do medo, introduzindo-o num mundo totalmente desconhecido. Outra vez, mulheres... Foi Antonio que lhe ensinou que ele não devia baixar os olhos, Antes apanhar que baixar os olhos!, e Antonio tinha até apanhado por ele certa vez. O que fez pelo amigo?, emprestar livros, escolher bons filmes de cinema? Pouca coisa, se comparado às ocasiões que Antonio o defendeu.

No carro, de volta à agência, Mário sentiu uma espécie de alívio. Não que repensasse sua idéia de que era alvo de uma perseguição cuja explicação lhe escapava. Estar com Antonio era como ser criança de novo, ser adolescente, entrar na juventude. Como era bom ter um amigo. Mário, tão entretido que estava nas questões relativas à amizade, esqueceu-se de olhar seguidas vezes pelo retrovisor, de procurar nos pedestres rostos que o mirassem, de ver no guarda que passava uma multa um espião anotando dados a seu respeito. Pelé o aguardava ansioso. Tinha encontrado a solução para a locução do comercial que haviam imaginado. Juntos elaboraram o esqueleto daquilo que seria o coração da campanha, um filme de três minutos para ser veiculado nos cinemas. Discutiram alguns detalhes e, às onze da noite, deixavam sobre a mesa do chefe o material. Uma semana de suspense e o presidente da multinacional, pessoalmente, aprovaria o filme, com pequenas ressalvas quanto ao orçamento. O Leão de Ouro em Cannes não foi surpresa, pena que Mário já não trabalhasse em propaganda quando isso aconteceu, seis meses depois.

Mário! Hã..., as pálpebras se movimentam, é noite, o chão da sala amassando seu rosto, as forças querendo abandonar seu corpo, onde está? O tronco se movimentando no escuro, a cabeça pende, Ainda estou vivo, ainda estou vivo... Outra vez o rosto no carpete de madeira. A aurora custa a vir.

OITO

Existiam coisas que não entendia. Antonio bebeu a contragosto aquele primeiro copo d'água da manhã. Esfregou os olhos, o sol atravessava a cortina e iluminava o quarto. Encheu o copo uma segunda vez, imaginando o que havia de errado com aquela água, não estava boa, vai ver tinham vendido aberta. Mário dormia, indiferente à luz, ao calor e às moscas que todas as manhãs pousavam no rosto. Todos os dias a mesma coisa, o corpo molhado de suor, a vista incomodada, as moscas que terminavam por despertá-los. Antonio apanhou a toalha para tomar banho, desistiu, contentando-se em molhar a cabeça na pia. As costas reclamaram da camiseta que vestia, precisava passar protetor, não podia esquecer, mais um dia como aquele e ficaria em carne viva. Antes de sair cutucou o amigo, perguntando se queria acompanhá-lo no café da manhã. Mário resmungou que o encontraria mais tarde, no lugar de sempre. Antonio sacudiu-o novamente, eles se veriam à noite, então, pois tinha combinado uma caminhada. Antes de sair deixou um bilhete explicando as coisas que havia dito, e que Mário seguramente não escutara. As ruas de terra pareciam refletir o sol, tal era a claridade que nem os óculos escuros podiam conter. Um grupo passou por ele, em direção à praia. Reconheceu algumas daquelas pessoas, o mais alto era o do violão, a menina que estava com ele era quem fazia as caipirinhas. O careca era o que mais bebia, e a visão da garrafa na sua mão causou-lhe náuseas. Sentiu o cheiro de cana bater no estômago e teve a sensação de que ia vomitar. Respirou fundo, olhos fechados, e a sensação se foi, sobrando apenas aquele peso na cabeça. Recebeu um sorriso ao chegar no quiosque, a moça dizendo que guardara para ele e o amigo as duas últimas saladas de frutas com iogurte. Mário andava com umas idéias alternativas de alimentação, não comia mais carne, tinha que mastigar trinta vezes antes de engolir. Sem falar no mês que passou se alimentando só de arroz integral. Mas esse troço de iogurte com frutas era legal, e nem custava caro. Antonio contou que a ressaca de Mário devia estar pior que a dele, era melhor comer as duas que ela tinha guardado, Aquele lá não levanta antes das quatro! A moça aconselhou-o a tomar uma latinha de cerveja, rebatia. Antonio agradeceu, porém estava naquela hora em que prometia para si mesmo que nunca mais beberia. Ela riu, Resolução de ano-novo? Antonio ainda conversou um pouco antes de pagar e tomar o caminho da praia, cuspindo várias vezes no chão. O gosto da água se repetia no iogurte.

 Existiam coisas que não entendia. Fazia quanto tempo, dois anos? Não era bom para nomes, mas o dela não tinha esquecido. Descalçou os chinelos, era agradável sentir a areia queimar seus pés. O mar, à sua frente, jogava de volta todas as oferendas do dia anterior. Alguns moleques espetavam o que o mar trazia e colocavam em sacos de lixo pretos. Antonio gostava de ver o mar, lembrava a sua infância. Comprou um coco na primeira barraca que encontrou. Foi só ao provar da água que percebeu que sua boca é que estava com gosto ruim. Paula era seu nome. Ele a tinha conhecido em uma festa de uma amiga de Mário, numa casona no Morumbi. Naquela noite tinham trocado só umas poucas palavras, depois, não mais a viu. Você entrou na Poli?, foi a pergunta que ouviu por cima do ombro.

Mário tinha ido buscar mais dois copos de pinga com mel, Antonio esperava na mesa. Era cedo ainda, e as festas de *réveillon* não estavam nem perto de começar. Queriam esquentar antes de ir pra rua, entrar nos bares onde tocava lambada, ser recusado por duas ou três mulheres, acertar na quarta, depois era puxar o corpo contra si, dançar olhando nos olhos, se responder ao olhar, é ela mesma, se ficar olhando pros lados, como que procurando alguém, melhor escolher outra, pra não perder tempo. Isso tudo Antonio ensinava a Mário, que ria, já alterado da bebida. Antonio virou-se, a loirinha sorria. Antonio, né?, Paula?, ele respondeu, levantando-se da cadeira. Paula estava ainda mais bonita. Usava um vestido branco, curto, tinha os cabelos presos por um lenço rosa e uns olhos mais azuis que os azuis de sua lembrança. Vinha acompanhada de duas amigas, e as três se sentaram ao ser convidadas. Mário chegou com os copos, e logo saiu pra buscar mais. Paula falava e Antonio mergulhava em seus olhos. Desde aquela festa muita coisa tinha acontecido, ela já não o assustava. Não fosse Mário insistir tanto dentro de sua embriaguez, e não sairia dali, ficaria ouvindo as histórias que aquela boca vermelha de batom contava. As festas aconteciam em todos os bares, as músicas de um se confundindo com as músicas de outro. Lança-perfume, loló, maconha, pinga, incenso, os cheiros todos se perdendo no cheiro de suor. As amigas de Paula também se perdendo, Mário desaparecendo na multidão. Antonio enlaçou Paula, puxou o corpo, conduziu-a na lambada, sua perna entre as coxas dela, sua mão segurando firme as costas, pegando carona no violão de um careca que animava sua turma, aproveitando também para conseguir umas caipirinhas de graça. Como tinha as costas lindas! Beijou-lhe a boca quando virou o ano, na praia, os dois, a sós, espremidos por milhares de pessoas. Pularam as sete ondas e Antonio quase caiu na tentação de desejar que ela fosse sua, como pedido de ano-novo. Isso não dava certo, sorte não dava certo. Todos os pedidos que fez quando criança e que nunca se realizaram, fazer pedido não dava certo. Ser supersticioso, acreditar na sorte, dava azar, e essa era a única superstição em que acreditava. Rodas de samba se formaram, acenderam-se fogueiras, as pessoas se dispersavam, muitas delas voltando para os bares, algumas indo para pousadas, e havia quem ficasse dormindo na areia. Só então Antonio lembrou-se de Mário, precisavam achá-lo, não estava acostumado a beber, podia estar passando mal ou ter arranjado alguma encrenca. Paula acalmou-o, o outro já era bem grandinho, além do mais suas amigas deviam estar com ele. Em frente à pousada dela beijaram-se uma segunda vez, uma terceira, e os beijos só foram interrompidos pela voz distante que gritava. É Mário! Antonio deixou Paula, se veriam dia seguinte, não toparia ele ir a pé até Trancoso?, são doze quilômetros, então se veriam lá pelas dez, na praia. Encontrou Mário sobre um banco de praça, fazendo um discurso ininteligível para uma platéia imaginária.

– Antonio!, meu irmão, dá um abraço de ano-novo, você sumiu porra!

– Vamos embora, melhor você dormir.

Mário pulou do banco e saiu correndo em direção a um vulto que passava por debaixo de uma mangueira. Antonio, em vão, tentou agarrá-lo.

– Princesa!

A menina tinha uns brincos grandes na orelha, um lenço

colorido com motivos árabes cobrindo-lhe os cabelos, uma bata indiana envolvia seu corpo magro. Ela andava cambaleando, e só parou quando Mário tomou-lhe a frente. Com esforço ergueu os olhos do chão, na penumbra não podia ter certeza de que não era um duende, fantasma, alguma daquelas formas estranhas que no dia anterior conviveram com ela. De repente o chá de cogumelo que o Haroldo tinha preparado ainda fazia efeito! Foi triste ver o Haroldo encolhido num canto, petrificado de medo. As coisas que apareceram para ela eram da paz, e por mais horrendas que pudessem aparentar não a assustaram. Era ano-novo. Pensava se não estava na hora de abandonar o Haroldo. Há três anos que vivia de vender broches, colares, brincos. Quando ele apareceu em Vitória, vindo da Argentina, sua vida se transformou. Alguma coisa nele mexia com ela. Ele sim era livre. Assim ela pensava, mas Haroldo também tinha suas prisões. Será que não estava na hora de deixá-lo? Nos últimos meses pensava demais na vida que levava antes dele. A faculdade, as amigas, os pais, a moqueca de peixe que a avó preparava na passagem de ano. Por mais de uma vez ligou para a mãe, desligando assim que ela atendia. Aquele mundo ficara para trás, um tempo ingênuo, um tempo perdido. Quantas não fizera nesses últimos anos? Rodara pelo Brasil inteiro, conhecera tipos dos mais diversos, dormira com muitos homens. Tatuou o corpo e uma vez chegou até a raspar o cabelo. O segundo aborto que fez não foi tão doloroso, mas foi o último, ela prometeu pra si mesma. Haroldo continuava igual, e cada coisa nova que descobria nele não mais a entusiasmava. Por vezes sentia asco ao vê-lo se aproximar, enfiar a língua em sua orelha. Contemplá-lo, num canto, abraçado às pernas, molhado de medo, causou-lhe pena. Não queria ter pena dele. Não queria sentir pena de si mesma.

– Princesa!, princesa!, cigana!, minha ciganinha linda..., pega aqui, pega, vê aí meu futuro, vê como você está dentro do meu futuro e eu dentro da tua..., da tua futuro!, he he, minha flor do deserto de Calcutá, Calcutá tem deserto?, sei lá!

Rindo muito, estendeu-lhe a mão esquerda. Ela apanhou a mão que chegava, olhou-a em silêncio. Já tinha ganhado dinheiro lendo a mão dos outros, ofício que aprendeu com uma mulher que conheceu em Canoa Quebrada. O rapaz olhava com sacanagem, desejava-a, e era bom ser desejada, ainda que por um bêbado, ainda que com sacanagem. Maior a expectativa, mais dinheiro conseguiria. Manter-se séria. Ele já calara o riso. E só fazer um meneio de cabeça, de leve, concentrada. Ele enrijece o braço. E só arquear as sobrancelhas.

– O que você viu aí?, por que você fez assim com a cabeça, o que você quer dizer?!

– Quanto dinheiro você tem?

– Não tenho dinheiro pra você!, o que é que você viu aí?, por que é que tá me olhando assim!, por que tá fazendo não com a cabeça, o que vai acontecer comigo?!

– Quanto dinheiro você tem?

– Dinheiro nenhum, diz aí o que você viu!

Já falava que nem o Haroldo quando ficava maluco. No começo, tinha medo. Passado o tempo aprendeu a controlar os excessos de Haroldo, pelo menos até aquela manhã. Haroldo cresceu pra cima dela, segurou seu braço até machucar, bateu nela. Depois pediu perdão, chorou. Não queria ter pena dele, não queria ter asco. Talvez fosse mesmo a hora de abandoná-lo. Linhas estranhas, aquelas linhas.

– Vamos pra casa vai, isso é palhaçada, essa vagabunda só quer tirar a tua grana.

– Ela viu, ela viu!

– Tá certo, claro, agora vamos embora.

Os dois se afastavam, o que queria saber o futuro olhava para trás de vez em quando, o outro o conduzia pela cintura. Linhas estranhas aquelas linhas. Não queria estar procurando o Haroldo, não queria estar preocupada com ele. Era hora de abandoná-lo, ele não queria ninguém para tomar conta dele. Ela queria tomar conta de alguém.

– Você não entende, Antonio, ela viu...

Com essas palavras Mário adormeceu. Antonio deitou-se, o luar entrando pela janela distraía seus olhos. Era Paula, aquela Paula da festa. Era ela quem tinha beijado, e ainda podia sentir o gosto de sua boca, misturado com o de pasta de dentes.

Antonio comprou mais um coco, o vendedor informando ser dez e quinze. Paula não viria, talvez estivesse arrependida, talvez estivesse tão sem graça quanto ele. Não podia esquecer de passar filtro solar, suas costas ardiam. Onde já se viu, querer andar doze quilômetros, levou um fora e nem se deu conta disso. Bom dia, sente a voz bem perto de seu ouvido. Ela estava lá, e cumprimentou-o com um beijo na face. Existiam coisas que não faziam o menor sentido. Ela estar ali, no mesmo ponto, na mesma cidadezinha que ele, era uma delas. Estar com ele, era outra. Suas amigas preferiram ficar dormindo, Mário estava melhor?

– Eu convidei ele, mas ele falou pra mim vim sozinho.

— Pra eu vir.

— O quê?

— Pra eu vir sozinho, vocês engenheiros têm de aprender a falar melhor.

E sorriu, Paula ficava ainda mais bela quando sorria.

NOVE

Júlia se alegrou quando a voz de Mário, gravada na secretária, dizia sentir saudades e esperar um telefonema seu. A temporada no Rio de Janeiro, prevista inicialmente para duas semanas, foi de quase um mês. Os últimos dez dias foram de descanso. Júlia aproveitou a passagem de avião já paga e as férias vencidas para ir com uma amiga a Búzios. Não fosse a forte presença de Mário na areia, no sal da água, no espetinho de camarão, na casquinha de siri, no próprio cheiro do ar. Não fosse isso e Júlia teria estreitado o relacionamento com alguém que conheceu. Numa reunião à noite, amigo da amiga, olhos penetrantes, silêncio inquiridor. Júlia não dormiu no hotel. Sorte partir para Búzios, manhã seguinte. Eu quero te ver de novo, disse ele, Não dá, retrucou, fechando a porta. Estava confusa. Isso de transar com um cara que mal conhecia, na primeira noite, nunca tinha acontecido. O que pensar?, como explicar a si mesma?, e Mário, sua ausência em cada momento, não sabia que gostava tanto dele. Carlos a tratara com carinho, um carinho experiente. Naquela noite de primavera, na cidade maravilhosa, Júlia amou Carlos como se a ele pertencesse, e foi bom. Saindo do apartamento, o corpo nu do homem sob o lençol, seus olhos bem abertos na direção dela, insistindo. Mas não voltou, e ele, seguramente, virou de lado e dormiu. Que importava?!

Júlia esperava na portaria do prédio. Andava de um lado para o outro, olhava o relógio e os ponteiros pouco tinham andado. No espelho do *hall* ajeitou mais de uma vez o *tailleur* preto, o colar de pérolas teria sido uma boa idéia?, será que a saia curta não a engordava demais? O polegar mostrando o brinco, foi o primeiro presente que ganhara de Mário. Sim, ela estava ansiosa em revê-lo e, ao contrário do que imaginara ao partir, ele fazia falta. E agora ele demorava, fazendo suar as mãos irrequietas.

Júlia!

Ela se virou num sobressalto. Antes de trocarem palavras houve o abraço, e no abraço toda a ternura que só a distância é capaz de construir. Mário apertou-a contra si. Júlia deixou ser apertada. Ambos tinham os olhos fechados, a boca selada, os ouvidos vedados. Mário afastou-se, segurou o rosto de Júlia com ambas as mãos. Como ela estava bonita, ele também não estava mal, Júlia retrucou, ainda que forçasse as próprias palavras. Melhor saírem logo dali, o cerco se fechava, ele explicaria tudo, ficasse calma, que tal se fossem jantar em um lugar diferente, na zona norte por exemplo, tem bons restaurantes lá, E, senti saudades...

Júlia não sabia como agir. O calor dos corpos no abraço correspondia às suas expectativas. Era dele que gostava, sua sensibilidade, suas pequenas loucuras, o jeito de encarar o mundo, até mesmo suas manias não eram falta tão grave, como aquela história de morar na Europa e coisa e tal. Mas por que diabos ele usava aquele sobretudo preto?, e lembrou-se daquela conversa de que estava sendo vigiado, seguido, e que ouvia seu nome sendo chamado. Júlia hesitou, mas se deixou conduzir, recuperando-se do choque da figura magra e sombria que aparecera para buscá-la. Mário não era mais Mário, algo de assustador saltava de seus olhos, seus gestos eram rápidos e imprecisos, sua palavras confundiam-se umas com as outras, era como se estivesse falando sozinho, como se ela fosse apenas mais um de seus delírios. Mário não era mais Mário, mas ele não enxergava isso. O que via era um mundo modificando-se pela ação sorrateira que uns tais "eles" comandavam e, coincidência infeliz, foi Mário quem divisou tudo, quem os sentiu. Seria isso um dom?, chegou a pensar. Fosse o que fosse, o que está feito está feito, e se não pode derrotá-los nem se juntar a eles, o negócio era fugir. Dom, fugir?, do que ele estava falando? Júlia sentiu um tremor. Carro novo?, foi só o que conseguiu dizer. Não. Mário revelou que alugara o veículo por precaução, ele não queria vê-la em perigo, no dia seguinte o devolveria. Tomando a direção de Santana, Mário contou a Júlia tudo o que se passou desde que ela se fora, de como estavam chegando perto e das descobertas que havia feito. Tudo se encaixava. Depois de saber dos fatos ela lhe daria razão. Que não se preocupasse, ela não podia ajudá-lo, ninguém podia.

E Mário não parou de falar, contou como os vultos não o deixavam mais, como as sensações transformaram-se em certezas, como finalmente ele conseguira montar o quebra-cabeça. Lá estavam as sombras se movendo no canto do olho, em todos os lugares e horas elas apareciam, no trabalho, no banho, no trânsito, até mesmo em meio a uma multidão no estádio do Pacaembu. A coisa evoluíra a tal ponto que todas as manhãs ele acordava com alguém gritando seu nome, isso sem falar nas outras tantas madrugadas em que vagava pelo apartamento procurando quem o tivesse chamado. Aquele sentimento que ele havia lhe contado, o da orelha querendo entrar na cabeça, não mais o deixava. Existia uma presença constante que o acompanhava. Uma lembrança assaltou-lhe com força, como se necessária, e graças a ela começara a perceber tudo. Mário dorme, o quarto está em completa desordem, os armários revirados são a marca do assalto que ocorrera à tarde. Num estalo está acordado, o braço atrás da cabeça prepara a agressão. Nada vê, está escuro, mas tem alguém ali, ele sente, ele sabe. O que fazer?, os ladrões voltaram. Mário, então com quinze anos, pensa, devem ser muitos, finjo dormir, engano-os e pego um de cada vez. Desarma lentamente o soco, tomando o cuidado de não fazer barulho, a mão tocando o carpete. Uma mão toca na sua, Mário gela. É sua irmã que, com medo, viera dormir em seu quarto. Era isso! A sensação é a mesma, o passado confirma, existe algo, não mais em seu quarto, na sua vida, e sua irmã nada tinha a ver com isso. Mário desiste de falar a respeito com as pessoas, ninguém o leva a sério, uns recomendam descanso, outros, um bom tratamento. E há aqueles que apenas riem, como Antonio, que não enxerga que a cartomante queria lhe prevenir. De posse da verdade, não lhe incomodava o descrédito, era preciso, sim, estabelecer a lógica dos fatos, era preciso entender o que queriam dele, sim, queriam, pois deveriam ser muitos para conseguir controlar tão bem todos os seus movimentos. Seria possível capturar algum deles?, talvez o cara do carro amarelo?, aliás, um Maverick sem chapa. Assim como, outrora, fingiu dormir, decidiu fingir não perceber nada, seu nome nas ruas, os vultos esgueirando-se atrás dos postes, os olhares insistentes de algumas pessoas. Estava dando resultado, eles se tornavam mais ousados. Certo dia, voltando de um bar, encontrou os papéis de sua escrivaninha revirados. Mário fecha a janela, quiseram despistá-lo dando a culpa ao vento, Puxa, esqueci a janela aberta!, quase grita, com afetação, precisava enganá-los. E com esse intuito, produziu peças extraordinárias na agência. Eles pensariam que estava dando atenção demasiada ao trabalho e que os havia esquecido. Será que Júlia entendia?, eles não mais o enganavam, mas sim ele a eles. Só precisava descobrir o motivo. Dizem que todos os crimes têm um motivo. Em psicologia, Mário tinha estudado, por trás de qualquer coisa há um motivo. Se um sujeito atravessa a rua distraído é porque quer morrer, se tem atração por um tipo específico de mulher é por causa do Édipo, se sonha com cavalo é porque, no fundo, é viado. Mário sabia disso tudo. Não era, por acaso, psicólogo de formação? Mesmo nunca tendo exercido a profissão e, desde os tempos de faculdade, já trabalhar com publicidade, dispensando pouca atenção aos estudos, certas coisas não se esquecem. Era o diploma do curso superior que dava o aval de sua sanidade. Sim, não pense ela que não havia olhado por este prisma, um desequilibrado, para não usar nenhum termo muito específico ou pejorativo. Um desequilibrado conseguiria desempenhar as funções a que ele era exposto?, seus trabalhos não estavam exemplares?, alguém, por acaso, notara alguma diferença no futebol de sábado?, ele não era capaz de responder a qualquer questão de conhecimento prévio?, seu raciocínio não estava em ordem? Se quisesse, que o testasse. Os fatos estavam ali, acontece que apenas ele os captava. Ele era o único lúcido nessa história toda, e esse foi seu ponto de partida. Sabe Júlia, é que nem Galileu e aquele papo de que quando foi interrogado pelo papa negou tudo e, baixinho, falou, mas que essa merda gira, gira!

Júlia continuava quieta durante o percurso. Mário falava rápido, estava mesmo entusiasmado, seus olhos tinham um estranho brilho. Parecia uma criança contando aos pais os lances do jogo do recreio. É, naquele momento ele não era mais que um menino. Não prestasse a devida atenção nas palavras, ficasse apenas com o ritmo, o ritmo lhe era agradável, e tudo pareceria bem. Aquele que a conduzia no banco de motorista de um carro alugado, para um restaurante na zona norte, não se assemelhava em nada com o homem por quem um dia ela se encantara. A cada frase, a cada interjeição, o estômago reclamava enviando à boca um gosto desses de fel. Júlia abriu o vidro para respirar, pouco adiantou, Mário continuava com aquela conversa sem pé nem cabeça. Por um momento, antes da raiva prevalecer, Júlia teve vontade de chorar.

Então Mário bolou um plano. Ele capturaria o cara do Maverick. Sabia que era perigoso, porém, algumas vezes na vida a necessidade é maior que o medo e a gente tem que desempenhar. Mário não gostava de armas e nunca fora muito amigo da violência, alguém teria que ajudá-lo. Contratou o segurança de um dos muitos bares que faziam parte de seu cotidiano para a empreitada. Fechado o bar, o segurança deveria chegar perto do carro amarelo, assim, como quem não quer nada, e assim, de supetão, arrancar o cara para fora. Decidiu, na última hora, que não seria conveniente aparecer. Instruiu o segurança sobre o que deveria perguntar: o que estava fazendo ali?, quem era?, o que queria?, se tinha alguma coisa a ver com o cara da Parati preta, Porque toda vez que ele vem aqui você aparece, pensa que eu não reparei? Mário saiu do bar, as cadeiras empilhadas sobre as mesas, os garçons se trocando no vestiário, a cozinheira caminhando lentamente em direção ao ponto de ônibus, que passa só de hora em hora. Entrando no carro, Mário ajeita o retrovisor para enxergar melhor como o brutamontes enfia o braço pra dentro do Maverick. De onde está pode ouvir restos de gritos. Ademir destrava a porta e arranca do banco um sujeito barbudo, Ademir o empurra contra um muro, dá-lhe um soco no estômago e o barbudo se dobra, Ademir o desdobra, mãos no colarinho. Mário dá a partida, antes de virar a esquina pode ver como Ademir chuta o corpo estendido no chão, não era pra exagerar também! Ninguém o segue até em casa, era um alívio, apenas o rosto do barbudo que não lhe deixava em paz. Num exercício de abstração Mário barbeou o rapaz e tingiu de loiro seus cabelos pretos, quem encontrou?, Você lembra do manobrista daquele restaurante, aquele que eu julgava já ter visto e que, no dia seguinte, tinha sumido? Pois é, era ele. Mário não tinha a menor dúvida. Longas seriam as horas até o amanhecer, quando Ademir o procuraria na agência para passar o serviço. Naquele dia a ansiedade fez miséria em seu sono, os sonhos se misturavam uns com os outros e com o sino da igreja, que de meia em meia hora se fazia ouvir. Era difícil precisar o que se passou em sua cabeça naquela noite. Ademir lhe apareceria diversas vezes, sem nunca conseguir revelar o que lhe interessava, e acordava tantas vezes quantas fossem as tentativas do segurança. Ora o sino da igreja, ora um pernilongo intrometido, ora um susto sem razão aparente lhe abria os olhos, calando a boca de Ademir. Às oito da manhã ninguém na portaria da agência sabia informar se lhe haviam procurado, acreditavam que não, Você é o primeiro a chegar, disse o rapaz debaixo do boné azul cujo turno terminaria dali a uma hora, quando a vida invadiria o prédio, preenchendo-o de cor, som e movimento. Dez horas e nada, meio-dia e cadê o Ademir?, cinco da tarde e ele não aparece. Não que tenha sido tão simples assim, e é errônea a impressão de rapidez. Mário percebeu cada um dos minutos correndo o relógio da parede, a cada quinze ligava pra portaria, a cada hora descia à rua e olhava para ambos os lados, Ademir poderia estar perdido, ou, mais provável, retido para que não o achasse. Não almoçou, e não fosse a necessidade fisiológica de urinar, Mário não teria deixado a mesa um segundo sequer, a não ser para conferir com seus próprios olhos se Ademir não estava no térreo. A secretária do andar só não perdeu o rebolado e o insultou porque sabia que se tratava do queridinho do chefe. Mário não a deixou sossegada nem um instante, perguntando dezenas de vezes se recebera alguma chamada para ele, se tinha recados, para quem que era aquele telefonema que ela acabara de atender. Deu sete horas e Mário saiu com pressa. Os ponteiros custavam a andar, o dia passado no relógio finalmente o liberava. Teria Ademir pegado o endereço errado? O trânsito impede-o de seguir na velocidade que queria, a pressa se perde em meio à enxurrada de carros. Eram quase oito quando o bar desponta no pára-brisa. Ademir não está na entrada. Direto ao gerente, que caminha em sua direção com um sorriso estampado no rosto, Que bom que você veio cedo!, Ademir, cadê o Ademir! O gerente apaga o sorriso do rosto, olha para o chão, Você não sabe o que aconteceu, a vida tem cada coisa que a gente não pode imaginar..., O que aconteceu?, caralho, cadê o Ademir!, Mário aperta os braços do gerente. Foi encontrado morto hoje cedo, ataque cardíaco, também, bebia muito, quem diria, né, um moço forte daquele, só trinta e dois anos, vai morrer de ataque cardíaco! Mário sente o chão escapar-lhe dos pés, quando dá por si está sentado numa cadeira, sobre a mesa à frente uma garrafa d'água. Eles o mataram!, eles o mataram... Num sobressalto Mário agarra o gerente, Ele disse alguma coisa de ontem?, alguma coisa sobre o barbudo do Maverick amarelo?, ele tem que ter dito algo! Calma, calma..., e o gerente nada sabia de barbudos ou de Mavericks, ele sequer lembrava de surra alguma, Olha, ontem à noite você bebeu mais de meia garrafa de uísque. Mário, outra vez sentado, pede um bourbon, Puro e sem gelo. Eles tinham ido longe demais, longe demais. Três copos adiante Mário faz a única coisa que pode, algo aliás que deveria ter feito desde que essa história começou, quiçá Ademir ainda estivesse vivo. Sua morte, por mais que os garçons insistissem no ataque cardíaco, lhe pesaria na alma para o resto da vida. Era isso, estava decidido, iria à polícia. Estacionou na frente da delegacia, o que diria ao delegado? Que sabia que Ademir, na verdade, fora assassinado?, que argumentos tinha para provar sua tese?, de qualquer maneira revelaria que estava sendo seguido e coisa e tal. Mário trancou o carro, entrou no prédio, um pouco receoso, mas o que tinha a perder?, onde mais buscaria proteção?, ele que sempre quisera a polícia a distância, não encontrava outra saída senão procurar por seu auxílio. Além do mais, eles certamente não contavam com isso, e tudo o que pudesse fazer para surpreendê-los seria bom. O homem com camisa branca e jaqueta de couro que caminha em sua direção examina-o com os olhos, depois, nas palavras mais secas de que dispõe, indica a terceira porta à direita. Na salinha dois sujeitos gordos interrompem a conversa, Pois não? Mário respira fundo, olha ambos nos olhos, e derrama sobre eles um amontoado de fatos. Começou com os vultos, passou pelo Maverick amarelo de vidro preto, terminou na morte de Ademir. Os gordos, sem alterar a expressão, disseram que conheciam Ademir, trabalhava ali perto, até ajudava a pegar uns ladrõezinhos de toca-fitas de vez em quando, acreditasse, morrera de enfarte, Bebia demais, sabe, todo dia chegava bêbado em casa, enchia a cara num boteco aqui atrás, dava na mulher se ela aparecia pra buscar ele, o nego não era mole não, enxugava uma caninha braba. E que o bacana não esquentasse a cabeça, isso era comum. Mário ainda tentou convencê-los da verdade, sendo bruscamente interrompido. O que ele achava, que eles estavam ali brincando!?, Melhor cê ir pra casa e tomar um banho bem frio, um café forte, se não dorme aqui mesmo!

Sabe Júlia, eles não me levaram a sério. No dia seguinte, ao chegar do trabalho, teve a certeza de que tinham estado lá, em sua casa. Ligou 190, em quinze minutos dois policiais entravam pela porta da frente do apartamento, abrindo caminho com o revólver. Eles investigaram o local, conversaram com o zelador, e foram embora mal-humorados não encontrando indício algum que denunciasse invasão. Nesse dia Mário levou a sério seus temores mais profundos, aqueles que negava a si mesmo: sua sanidade estaria comprometida? Não pense você, Júlia, que essa situação me é cômoda, cê acha que eu não preferiria estar assim, alheio a isso tudo, ignorante, feito vocês? Mário não saiu, não bebeu gota que fosse, adormeceu no sofá, em frente à televisão. Pela manhã, a última peça do quebra-cabeça chegava na porta de serviço. Ao se agachar para apanhar o jornal, que todo dia cedo o zelador distribuía para os condôminos, colocando-os no pé da porta que dá para a área de serviço, Mário ouve passos descendo correndo a escada de incêndio. Atira-se escada abaixo, os passos crescem em seu ouvido, Quem esta aí, ele grita, mas os passos não respondem. Seis andares de adrenalina e o som desaparece. Mário verifica o *hall* de entrada, ninguém ali, desce para a garagem, Apareça!, olha por baixo dos carros, atrás dos pilares. Aí os passos voltam a correr, Mário voa em direção à escada, sobe um lance, revira o pátio de fora, os passos desaparecem mais uma vez, Apareça! Quem aparece é seu Manuel, o zelador. O que aconteceu, seu Mário?, Quem esteve no meu apartamento?!, tinha alguém fugindo pelas escadas!, Devem ser os meninos do 22, eles vivem aprontando. Não, Mário não concorda, alguém estivera ali. O porteiro da manhã também nada vira, se soubesse de algo lhe avisaria. Mário toma o elevador, eles são muito espertos, não iam se deixar apanhar por aqueles dois palermas. Entrando em casa, Mário joga-se na poltrona de leitura, espalma o jornal, tem a surpresa. Em vez do diário que costumava ler, havia outro. A manchete cortou-lhe a respiração, a reportagem levantou-lhe os pêlos, no canto da página a nota era o aviso que faltava. "Jacarés carniceiros aterrorizam cidade na Amazônia", e pequeno, embaixo, à direita, "Bombeiros-Tarzã procuram jacarés selvagens na Marginal". Eles o avisavam, matá-lo-iam, jogariam seu corpo para alimentar os jacarés do Pinheiros. O motivo?, simples, eu sei demais e fui ousado demais, eles não gostam disso. Estava claro, óbvio, só não veria quem não quisesse, não pudesse, fosse alienado. Infelizmente, ele tinha visto.

Diante da situação só me restava fugir, há uma semana não durmo em casa, assim que puder vou embora, lá na Europa não tem jacaré...

Júlia explodiu, ele estava completamente pinel, tinha que ser internado. Polícia!, precisava é ser preso, metido numa camisa-de-força e internado num hospício, com muito psiquiatra pra lhe dar choques, era isso, precisava é levar choque, muito choque. Júlia gritava. O absurdo da história, a decepção que fora reencontrá-lo depois de tanta ansiedade tiraram-na do sério. Carro alugado?, hotel?, quem Mário pensava que ela era para despejar tanta papagaiada, melhor ser surda!, ele achava que, por acaso, seu ouvido era penico?, que a levasse já para casa! Era a vez de Mário ficar quieto, Júlia não lhe dera um pingo de crédito. Pensando bem, antes assim, havia melhor maneira de deixá-la a salvo? Fora bobagem de sua parte contar-lhe tudo, mas o que está feito está feito. Mário esperou até que ela se acalmasse, pediu que o perdoasse e que fizesse um esforço para continuarem o programa, ele queria saber como tinham sido as coisas no Rio, queria saber como estava, ouvi-la falar um pouco. Um tá, seco, foi o que obteve de resposta.

Chegaram ao restaurante, que surgiu no meio de uma quadra como que por milagre, na hora certa. Júlia não notara que andavam em círculos e que não havia um local predeterminado a irem, se soubesse, o programa teria tido poucas chances de sobrevivência. Mário evitou o manobrista e estacionou ele mesmo. Peixe era uma ótima pedida, sugeriu o *maître*, e um pintado na brasa pareceu uma boa idéia. A garrafa de vinho branco foi aberta, o vinho aprovado e, antes do prato principal chegar, a segunda garrafa já estava pela metade. Júlia relaxara com o vinho e falava da temporada fora, de como os negócios tinham sido resolvidos a contento, de como Búzios tinha praias maravilhosas, ele que gostava tanto de praia, iria adorar. O vinho teve um efeito completamente diverso em Mário. Estivesse Júlia mais atenta e notaria que o homem à sua frente suava demais para um ambiente com ar-condicionado, também estranharia o rosto duro, os olhos inquietos, a postura rija com que se sentava na cadeira, a quantidade de vezes que esvaziava de um gole só a taça de vinho. O pintado veio e o garçom, sem consultar o casal, abriu a terceira garrafa. Em vez de um peixe grelhado, Mário enxergou a carcaça de um jacaré. O copo, recém-completado, foi rapidamente esvaziado, sobrando um pouco de líquido na toalha, dados o tremor nas mãos e as pequenas contrações no estômago que produziam um gosto de vômito na boca. Mário não ouvia o entusiasmo das palavras que o vinho punha nos lábios de Júlia, que flutuava na câmara lenta da embriaguez. O prato à sua frente o hipnotizava. Por mais de uma vez ameaçou pegar os talheres, porém não se atreveu. Vocês me querem, vão me matar, jogar pros jacarés, e aquilo que no começo era um sussurro, uma brisa leve de primavera, ganhou a força de um furacão. Júlia escutava, as mesas vizinhas lançavam-lhe olhares de curiosidade, o *maître* veio perguntar se havia algum problema. Um toque no ombro rompe o transe, Mário levanta-se num repente, a cadeira dele vai ao chão. Se pensavam que ia ser fácil estavam enganados, Mário lança pra longe o peixe, um empurrão derruba o *maître*. Júlia voa em seu pescoço, mesmo sem se dar conta, ela tentava protegê-lo dos seguranças que entravam a passos rápidos. Mário se livra de Júlia e, antes que pudesse qualquer coisa, é imobilizado por um braço que lhe aperta o pescoço. As pessoas em volta estão assustadas, desviam os olhos, recolhem-se em suas mesas, escondem-se atrás de seus frutos do mar, vinhos franceses, e ficam indignadas com as desculpas do dono do restaurante que não tardam a chegar. Uma mulher pensa em ir ver o que estaria acontecendo depois que retiraram o rapaz do restaurante, Parecia perturbado, diz ao marido, que a impede de deixar a mesa, Estava é bêbado!, não tem nível pra vir aqui, olha a cara do sujeito! Aos poucos a parede outra vez se torna rósea e agradável, o *jazz* nas caixas de som recupera-se dos ruídos, as velas retomam o brilho original e o ambiente volta ao aconchego original. As conversas todas giram em torno do ocorrido e um ou outro se lembra de casos parecidos. A mulher ainda olha uma vez mais para a porta, o que será que aconteceu com ele?, por que agiu assim?, e a moça, que bonita, podia ser sua filha..., e a porta está fechada, e o marido é chato, resta apenas imaginar que nada de mal aconteceu a eles.

O pescoço apertado até que o ar faltou, os braços cessaram de agitar, os gritos calaram. Mário agachou-se na calçada, respirou fundo várias vezes até que seus sentidos lhe devolvessem um pouco da situação. Júlia, a seu lado, o braço em suas costas, chorava um pranto nervoso, inspirando em soquinhos o ar que se transformava em lágrimas, seus olhos estavam menores e mais claros do que o costume. Os seguranças tiraram-no do recinto sem agredi-lo. O que mais os aborrecia nesses dias de confusão eram os ternos amassados, o suor excessivo, aquela maldita gravata que não tinha razão de ser. Soltaram o baderneiro quando acreditaram que estava vencido, além do mais a moça dava dó. Um permaneceu com ele ao alcance da mão, o outro, perto da entrada do restaurante, garantia que dali não passaria. Garoa em São Paulo e a umidade faz suar as janelas dos ônibus que param no sinal. Os passageiros, calados, solitários na luz interna que lhes amarela o rosto, não conversam sobre o que vêem. Cada qual tira suas próprias conclusões, e muitos não tiram conclusão alguma, vacinados que estão das coisas da capital. Tem até um que olha para fora e não vê mais que seu reflexo sujo.

Mário entregou a carteira ao segurança que estava mais próximo, este a passou para o *maître*, que tirou dela a quantia justa, não esquecendo de incluir a gorjeta. Mário já estava de pé e Júlia chorava menos. A dor transformara-se em ódio. Ela o atacou com socos, ele não reagiu. Ele era louco! Gritou que fosse pra puta que o pariu, que nunca mais a procurasse, que esperava que ele morresse. Mário obedeceu. Não disse tchau, não quis conversar, não se desculpou. Apenas atravessou a rua sem olhar para trás, ligou o carro, foi-se embora. Um dos seguranças convidou a moça pra entrar, ele conhecia bem o tipo, cafajeste, não conseguem o que querem e dão o fora. Que ela entrasse, tomasse um copo d'água, pedisse um táxi, e, deixando-a aos cuidados do proprietário da casa, retirou-se imaginando o que não faria com aquele par de coxas. Júlia maldisse com todas as forças o dia em que seu caminho e o de Mário se cruzaram. Ele não prestava, tomara que fique cego, que seja assaltado, estuprado, que apanhe bastante, o viadão! Se seus irmãos estivessem por perto ele acabaria no hospital! Era uma longa viagem até em casa, sorte estar com o talão de cheques, porque a corrida ia sair cara. Deitada na cama, a janela aberta, as luzes da cidade como únicas testemunhas, Júlia escondeu o rosto no braço dobrado, como fazia quando criança nas brincadeiras de esconde-esconde. Júlia pensou na mãe, como seria bom se ela estivesse ali, lhe preparasse um leite morno com mel, lhe acariciasse a cabeça, Minha filha, isso passa..., e ficasse quieta servindo de ombro, de colo, de abrigo. De mansinho, sem alarde, o sono foi empurrando a tristeza, escondendo-a num canto qualquer. O sol haveria de renascer. E renasceu, e Júlia se arrependia de ter amaldiçoado Mário, era boa pessoa, só precisava de tratamento, estava doente, certamente estava doente, será que ele chegara bem?, não ligaria para saber, ele que a procurasse, ela tinha amor próprio. Decidiu, afinal, telefonar para Antonio, a voz contendo o choro, Você precisa conversar com o Mário, ele não está bem, eu não sei o que fazer, ele não está bem.

Como pôde ser tão estúpido! Mário atravessou a rua sem olhar para trás, não estava zangado, triste, ou tomado por emoção alguma. Não se comovera com a explosão de Júlia, sequer prestou atenção ao que ela dizia, entendeu apenas que não o queria por perto. Ele tampouco queria companhia, perdido que estava em reflexões. Como pôde ser tão estúpido! Quando telefonara para Júlia, tinha uma esperança secreta de que ela pudesse, de alguma maneira, compartilhar com ele o peso que carregava, quem sabe ela não vislumbrasse alguma solução que ele ainda não tivesse encontrado. Mário passara a última semana completamente só. Fora os colegas da agência, Mário não encontrava ninguém. Mesmo no trabalho, evitava o café, o almoço em grupo, a roda de fofoca, o *happy-hour*. O plano de fuga já se desenhara, e ele tinha medo que pudesse, num ato falho, contar algum detalhe que comprometesse a coisa toda. Os pernoites em hotéis diversos pareciam surtir efeito. Ao acordar, naquela manhã, tomar a direção de casa para trocar a roupa, não viu o Maverick amarelo, e nenhum vulto se esgueirou pelo rodapé do olho até quase a hora do almoço. E a angústia teve forças para superar o medo, superar até as precauções que tomava, e aí o retrato de Júlia saindo do mar, seu cabelo comprido encaracolado, a pele morena de uma semana de sol, a careta de quem não queria a fotografia. Não, sabia que ela não podia ajudá-lo, mas sentia saudades. E num impulso chamou-a, marcou um encontro. Como fora estúpido, caíra na armadilha. Bastaram algumas horas de paz para que ele se sentisse seguro, e aí eles apareceram e deram o segundo aviso na carcaça de um jacaré. O seu tempo se extinguia. Vencer era permanecer vivo, vencer era acordar no dia seguinte e preparar tudo, vencer era escapar, não havia luta possível. Mário atravessou a rua sem olhar para trás. Se o passado estava definido, cabia a ele tentar ter um futuro. Ligou o carro, partiu sob a insistente garoa. Eles são como a garoa: parece inofensiva, porém, se um sujeito fica exposto muito tempo a ela se encharca até a cueca, pode morrer de pneumonia. Um motel surgiu no caminho, três carros faziam fila, a moça do caixa perguntou pela parceira, ele iria só dormir, e dormir só. A cama redonda encontraria horas tranqüilas, o espelho do teto não presenciaria a chama de corpos, a hidromassagem permaneceria em repouso. Um homem vestido sob o lençol, os braços abraçando as pernas.

O telefone toca, Mário se assusta, onde estava?, que horas seriam? A voz lhe avisa que faltavam quinze minutos para que completasse as quatro horas de estada permitida, se tivesse vontade de ficar mais tempo, era de sua responsabilidade avisá-lo que cada hora a mais custaria tanto, Que horas são?, Cinco e quinze. Vontade de ficar mais tempo? Mário não tem vontades, se sentia algo parecido com isso era a vontade de não ter vontade, de não ser, não estar, não prosseguir, não sentir, não remar o barco porque o rio corre, e no fim do rio, de qualquer maneira, existe a cachoeira. Que sentido tinha tudo?, no que se resumira sua vida?, estava num quarto de motel, sozinho, amedrontado, acuado, valia a pena?, porque não permitir que chegassem e tomassem o que quisessem?, ele estava cansado, Júlia magoada, e tudo pra quê?, pra se salvar?, e se salvar pra quê, se mais dia menos dia morreria afogado?, não seriam eles a solução?, melhor não seria entregar-se, deixar que rasgassem seu corpo, cortassem sua garganta, dessem o resto que sobrasse para alimentar os jacarés do Pinheiros? Suas forças se esvaíam, não seria hora de derrubar o rei e dar a partida por encerrada, dada a superioridade do adversário? Amanhecia, e o céu não tinha importância. Mais um dia iniciava seu curso, mais um dia de validade vencida. Mário dirigia seu carro pelas ruas desertas, um ou outro infeliz cruzava seu caminho, nas Marginais o tráfego de caminhões era intenso. O corpo reclamava da noite curta, o corpo chorava. As costas doíam, o pescoço não virava, os braços perderam a força de outrora, as pernas dormentes mal se articulavam nos pedais. Mário não procurou pelo Maverick amarelo no retrovisor, eles que se fodessem! Seu prédio surgiu como a terra prometida, sem que se desse conta seus membros o conduziram até a porta do apartamento, num último esforço, na réstia de vida que lutava dentro dele.

O sino da igreja bate seis vezes, Deixem-me dormir, deixem-me morrer, deixem-me em paz.

DEZ

O tempo não passa, soluça, Antonio olha-se no espelho, enrolado ainda na toalha, o vidro do espelho embaça com o calor de seu corpo, faz frio em São Paulo, disseram-lhe isso assim que chegou, ainda garoto, e o banho foi bem quente, pra derreter tudo que estava sobrando, as idéias, as dúvidas, primeiro era criança, em Piracicaba, sua casa tinha um jardim, atrás do jardim um muro, atrás do muro uma mangueira, onde ele gostava de subir e construir um esconderijo, usava madeira compensada e barbante, cobria com lona preta, ou talvez fossem sacos de lixo, são poucas as recordações que vêm de tão longe, uma roda-gigante com luzinhas brancas, redondas, um balcão azul, alto, garrafas em prateleiras, o pai conversando e servindo pinga para os funcionários de uma fábrica, na hora do almoço, depois da escola, o cheiro forte do rio, os estudantes carecas que lhe metiam medo, andando em bando, tão distantes, tão velhos, tão grandes eram aqueles calouros, e tão crianças eles ficaram, tão rápido, lembrava-se quando foi calouro, tão rápido, tão rápido os cabelos cresceram, tão rápido vieram outros calouros, tão moços, tão pequenos, são cenas que aparecem, de quando morou no interior, e não pode precisar que idade tinha, nem se aconteceram ou foram criadas em sua imaginação, nascidas das histórias que sua mãe contava, Piracicaba tinha sido a melhor parte da vida dela, bastava ver como seus olhos brilhavam quando falava de lá, amigas que iam tomar chá, a quermesse da igreja, as receitas que uma tal Dona Dinda tinha ensinado, o tempo está parado, correm os dias, sai verão entra inverno, crescem as árvores, troca-se o governo, a professora, a bola de futebol, mas o tempo continua imóvel e nada acontece, aí vem um soluço, e o tempo, estagnado, dá um salto, para parar outra vez em Itanhaém, percebe, então, que vai pra escola sem qualquer mão que segure a sua, e que atravessa as ruas sem que gritem com ele, que lê e escreve, e aprende a nadar, e tem uma turma que o acompanha nas artes, e o acompanhará para o resto da vida, mesmo que não tenha visto mais nenhuma daquelas pessoas, mesmo que o nome da maior parte delas tenha se perdido, é uma sensação boa que Itanhaém traz, e talvez por isso evite ao máximo voltar lá, deixando que a memória traga a cidade de volta, como as saudades que se sente de um morto querido, às vezes, quando se está a pensar em nada, no trânsito, vendo algum programa de televisão, no almoço com os colegas de trabalho, acontece de rir sozinho das coisas que o Gordo falava, ficou sabendo havia pouco que o Gordo morrera afogado, bebia demais, saía com mulheres demais, era apaixonado demais por Carmem, num desses fins de tarde resolveu nadar das pedras da ponta da praia até a areia, não havia salva-vidas, era dia de semana, e Antonio bem sabia como era vazia a praia fora de temporada, nunca mais foi visto, a família ainda tinha esperanças, consultaram até uma vidente, que garantia enxergá-lo em uma ilha cheia de coqueiros, abacaxis e mulheres, Pardal olhou para o chão, terminou por dizer que Carmem se mudara com o marido, sua vida se tornara insuportável, todos adoravam o Gordo, a dona Diva que toma conta do museu do convento, no alto do morro, o seu Eulálio da farmácia, Tonhão do fliper, até o padre fez cara feia, culpavam-na todos, olhavam-na de outro jeito, se ela não fosse tão bonita, se ela não fosse tão casada, se ela não passasse na frente da loja com uma saia tão curta..., as palavras de Pardal não tinham a vitalidade de antes, eram palavras sonolentas, carregadas, como que atrás de cada palavra um pedido de desculpa, Pardal era o mais forte, melhor aluno, isso a memória traz, e sabe-se lá que males a vida lhe aprontou, quando Pardal pediu-lhe emprego era outra pessoa, meio encurvado, olhos tristes, e já não tinha a cabeça erguida, ele, que poderia ter sido o que quisesse, jogador de futebol, médico, empresário, ator, e Antonio chegava à conclusão de que, quando um sujeito tem escolhas demais, acaba não tendo nenhuma, é como num estacionamento de *shopping*, quando está vazio demora-se para escolher uma vaga, se está cheio pega-se a primeira vaga que aparece, com ele foi assim, precisava de uma profissão que ganhasse bem, precisava de uma faculdade pública, e precisava mexer com números, única coisa em que sempre foi o melhor na escola, e o tempo soluça, arranca-o de Itanhaém, arranca-o da infância, joga-o aos leões de São Paulo, sem que note, os anos se passam e ele começa a trabalhar meio período, aprende a tomar cerveja, aprende a comer mulher, aprende a confiar num amigo, ser um amigo, Mário, a morte de seu pai soluça o tempo, e tudo muda, ele é o homem da casa, tem que olhar pela mãe, tem que pagar as contas no fim do mês, tem que olhar as notas dos irmãos, tem um carro com três buzinas e com papel-filme nos vidros, tem barba cerrada, outro soluço sacode o tempo, e entra na melhor faculdade de engenharia do país, aprende mecânica dos fluidos, e também aprende a ler Hemingway, Guimarães Rosa, João Ubaldo, São Paulo passa a ter outra cara, mostra de cinema, MIS, bares da Vila

Madalena, mal se assenta o corpo do tempo, mais um soluço, e outro, e outro, começa a namorar Paula, trabalhar para o pai dela, tanta coisa está diferente, e tudo, tudo parece tão igual, tudo é muito simples, o tempo congelado, um cargo de gerente, um mestrado que Paula insiste que ele faça, o curso de inglês, e estar à vontade, como os ricos, com os ricos, aquele menino de calção Adidas, sem tênis, pés de casca grossa chutando uma bola dente-de-leite na areia dura da praia, ouvindo as histórias do Gordo, admirando o porte do Pardal, não conseguindo beijar a menina no cinema, fugindo dela toda vez que a via, de vergonha, olhando escondido o vestiário feminino junto com Mário, virar um caçador nos bares da zona sul, trocar a direção do carro por uma que o Naudinho arrumou num desmanche, ser sempre leve, livre, eterno, outra vez o tempo soluça, um estrondo alto, como que um arroto depois de virar uma garrafa de cerveja e ganhar a aposta, e sentir que sua vida se divide em duas, são dois os tempos, até agora era o antes, em poucas horas virá o depois, e ele está ali, abotoando a camisa, calçando os sapatos, verificando se as alianças estão no bolso do fraque, querendo virar uma garrafa de cerveja, querendo ganhar a aposta.

ONZE

É pra você, Mário.

Mário, sem tirar os olhos do texto que corria na tela, apanha o telefone, encaixando-o entre o queixo e o ombro. Os dedos não cessam de cutucar o teclado, e as letras vão se juntando em palavras no computador. Antonio pergunta como as coisas iam, no trabalho tudo em ordem?, e Júlia? Respostas monossilábicas, as palavras encaixando-se umas às outras na tela, formando frases. Antonio fica apreensivo, não seriam apenas minhocas na cabeça de Júlia?, ela teria alguma razão? Ligou para Mário e quem atendeu foi um estranho, e combinou de encontrar esse estranho, acabado o expediente, num bar na Vila Madalena, meio caminho pros dois.

Mário recoloca no gancho o aparelho, não iria almoçar, talvez pedisse um sanduíche para comer ali mesmo, precisava terminar o que tinha começado, afinal, no dia seguinte não iria trabalhar. Eram quase nove horas quando levantou da cama. O corpo reclamava menos, depois do banho seus sentidos tornaram-se atentos. Eles não o pegariam. Se no fim do rio a cachoeira era inevitável, ao menos ela ainda estava distante, e por lá ficaria, porque remando, nadando, correndo contra o inevitável estaria ele, não o venceriam, não, não empurrariam o barco e jacaré algum teria o prazer de deliciar-se com a sua carne, não, ele não desistiria. Mário devolveu logo cedo o carro alugado, tomou um táxi de volta para casa, tendo o cuidado de não responder corretamente a nenhuma das perguntas do motorista, eles não o enganavam. Com seu próprio carro foi para a agência, aquele tinha de parecer um dia normal, não podiam desconfiar de seu plano. A chamada de Antonio marcando um *happy hour* viera bem a calhar, eles o veriam num bar que costumava freqüentar e presumiriam que tinha entregado os pontos, desistido de tentar despistá-los, é, eles julgariam que o recado na carcaça do réptil fora entendido: Não adianta fugir de nós, meu caro, hoje tem jacaré na bandeja, amanhã você estará na bandeja do jacaré. Mário não era bobo, não, não era bobo. Por um momento sua vontade fora quebrada, eles pareciam tê-lo derrubado. Mas estava em pé novamente e era com o corpo erguido que iria derrotá-los. Seria com a audácia que eles tanto proíbem que Mário os ludibriaria, isso, ele os ludibriaria.

Antonio achou Paula no celular, pelas três da tarde, a caminho da análise. Uma reunião de última hora o levaria ao Rio de Janeiro. Paula não se irritou, como fazia sempre. Mostrou-se conformada ao telefone, não esquecesse de pegar um terno leve. À noite, então, aproveitaria para sair com a prima Cláudia, que estava de passagem pela cidade. Que ela se divertisse, a ele, boa reunião.

Queria estar bonita. Desistiu da psicóloga e foi ao cabeleireiro. Desde que começara a sair com Caio, oportunidade melhor não tinha aparecido. Sempre o medo de que descobrissem, um escândalo. Não era tanto para poupar Antonio, tanto fazia se ele soubesse ou não. Que ficasse com seu trabalho, seus números, suas intermináveis ocupações. Ele mudara demais, não era mais aquele cara ingênuo e apaixonante, era apenas mais um. Caio sim, tinha sonhos, planos, uma sede de viver que ela não conhecia. Com Caio parecia haver um sentido. Ele viajara até mais do que ela, e era uma noite com ele de que precisava, para combinar a viagem à Austrália que fariam juntos. Fechou os olhos, as mãos do cabeleireiro massageando sua cabeça, Capricha, hein, Armandinho!, Você vai ficar um arraso! Olhou-se no espelho uma vez mais, já em casa. Armandinho podia ter feito um penteado melhor. Entrou no *closet*, acendeu a luz, os vestidos espremidos um ao lado do outro como uma fila de pessoas coloridas sem corpo. Experimentou o vermelho, o vermelho não, Antonio estava demais nele, o preto também não, e acabou por se decidir pelo azul-claro, alegre e um corte que realçava o colo. Um cordão de ouro branco no pescoço, brincos também de ouro branco. Antes de sair fez recomendações à babá, como aqueles meninos eram a cara do pai!

Fazia uma semana que Renata reclamava que ele andava estranho. Mulher percebe essas coisas, pensava Antonio, ainda sob o impacto da conversa com sua mãe. Renata, ao telefone, não estava zangada como de costume, e seu desânimo contagiou Antonio, emprestando à sua boca palavras que ele não tinha certeza se queria dizer, Vamos jantar fora e passar a noite juntos? Ela não cabia em si, A noite inteira?! Quem sabe aquilo não fosse o sinal de que Antonio ia se separar e ficar com ela, como jamais prometera. Contudo, ela sabia quando um casamento estava no fim, o seu mesmo tinha acabado de modo parecido, restando-lhe apenas uma filha, uma pensão, a sensação de que os momentos felizes não foram, afinal, tão felizes. Saiu do escritório mais cedo, Antonio não queria ter que olhar nos olhos de Paula. Separou um terno leve, como a mulher recomendara, uma camisa, uma cueca, um par de meias, a lâmina de barbear, a escova de dentes. Deu um beijo em cada filho, eles brincavam alheios à tristeza que o pai sentia. Uma tristeza repentina, ele mentia aos moleques, e estava fazendo algo que não gostaria que um filho seu fizesse. Como sentir orgulho do homem que se tornou?

Antonio pendurou o paletó na cadeira, pediu um chope e uma porção de fritas. Aproveitou que Mário não tivesse chegado e ligou para Renata, não a encontrando para dizer que se atrasaria. De qualquer forma não tinha importância, ela sempre o deixava esperando enquanto se arrumava. Antonio pediu outro chope e *catchup* para molhar as fritas que o garçom trazia. Bebia em silêncio, a alma em silêncio. O amigo apareceu na entrada e procurava-o com movimentos de cabeça, estava mais magro, estava pálido. Eles não se abraçaram, como sempre faziam. Mário estendeu a mão, Antonio apertou-a sem sentir falta do abraço. Mário apontou para o copo e logo em seguida seu chope estava no tampo de granito. Não fosse o futebol e a conversa tardaria a fluir. Antonio gozou Mário, que se defendeu gozando Antonio, e logo depois ambos concordavam que o técnico da seleção tetracampeã não entendia nada do riscado, bom mesmo era o meio de campo da seleção de 82. Mário animou-se, seu segundo chope esvaziava no copo e a velha discussão que usualmente aparecia entre eles veio à baila, qual time era o melhor, o de 82 ou o de 70? Mário não se conformava que Antonio ainda pudesse cometer tal sacrilégio, era evidente que o time de 70 era insuperável. Antonio não acreditava nisso, achava que o único diferencial do time de 70 era o rei Pelé, E num jogo de um contra outro, não sei, não..., antes os caras tinham espaço para jogar, era uma moleza...

E por aí foram, e Antonio não via razão alguma nas aflições de Júlia, era coisa de mulher mesmo.

Mário!

Eles estavam ali, sussurravam seu nome, avisavam-no que não o perdiam de vista, mas não era isso que planejara?, que eles achassem que o tivessem liqüidado? De súbito, as palavras se ausentam, um vulto esgueirando-se no canto do olho, o chope recém-tirado é sorvido em um só gole, era isso, não podiam pegá-lo naquela noite, se sobrevivesse mais vinte e quatro horas escaparia, ele tinha essa chance, Não, vocês não vão me pegar, querem arrancar minhas tripas e dar pros jacarés, eu tô sacando a de vocês! O gerente pede para Mário abaixar o tom de voz, caso contrário seria obrigado a pedir que fossem embora. Antonio passa a falar das mulheres, diz que tem uma amante que encontraria dali a pouco, seus olhos estão lacrimejantes, por fim diz que anda pensando no danado do pai. Mário não o escuta, e ele afinal percebe Mário perdido num gemido, as mãos sobre a mesa de granito, a cabeça caída, os olhos sonados, a cerveja escorrendo por um canto da boca, o rosto coberto de suor.

Mário começa a berrar, reluta em levantar-se, na porta hesita de novo, Antonio se compromete a acompanhá-lo até em casa, Mário dirige devagar, a avenida Brasil custa a terminar, na República do Líbano travestis concentram-se em algumas esquinas, o Parque do Ibirapuera com seus eucaliptos velhos e cheios de cupim tornam a noite mais noite, a avenida Ibirapuera é cruzada com sucesso, a porta da garagem corre, ambos esperam o elevador, Antonio não reconhece a figura à sua frente, o que ele fez da própria vida?!, precisava trabalhar tanto?, entra no apartamento, olha com displicência por todos os cantos, antes de partir empresta o celular, tem pressa, já passa das dez, deixa Renata em casa perto da meia-noite, sobe as escadas correndo, está ofegante, grita e Paula não responde, desafivela o cinto e extravasa sua raiva açoitando a poltrona.

DOZE

Estava triste, uma tristeza profunda. Não sabe se está arrependido, se faria tudo outra vez. Não importam as explicações que vai ter que inventar, nem importa se ela descobrir, sente apenas aquela enorme tristeza, sem tamanho, o mundo mais triste, mais feio. Nem parece uma profissional, parece criança, dorme feito criança, tem o corpo de uma adolescente, uma criança adulta, faz sexo com experiência, geme quando precisa gemer, silencia quando é necessário o silêncio. Tudo estava tão longe, ele estava distante dele mesmo. Seus amigos eram os amigos de Paula, as coisas que ele gostava, ficou gostando depois de conhecer Paula, e ir ao Pacaembu, em camisa de time de futebol, não era de bom-tom. Ele queria atravessar a cidade, e atravessou. Saiu da zona sul, de um bairro de classe média, das casas geminadas e feias, foi para os Jardins. Uma tristeza inexata. Tinha dinheiro na conta corrente, um carro novo, conseguiria o emprego que quisesse, propostas não faltavam. Ele não tinha tudo? O que mais poderia querer? Uma tristeza linear, monótona, previsível. Sentiu desprezo por si próprio, deu dinheiro a mais para que a puta pegasse um táxi. Uma menina puta, quase criança, quase mulher. Chegando em casa, mesmo antes de ir ter com Paula, que dormia, ou fingia dormir, entrou no chuveiro, como se o sabonete o limpasse da sujeira que sentia. Deitou-se e Paula resmungou qualquer coisa que ele não entendeu, e ele não conseguiu responder, e ele não conseguiu sorrir, e ele não conseguiu dormir. Uma tristeza impertinente, que parecia não ter mais fim.

O primeiro ano de casamento foi difícil, escolher o lado da cama, fazer xixi de porta aberta, tomar água no gargalo da garrafa, soltar pum. Aos poucos um foi se acostumando ao outro, os hábitos de um se adaptando ao do outro, e chegaram até a se entender pela posse do controle remoto da televisão. No primeiro ano toda hora era hora. Antonio não consegue definir com precisão em que ponto a coisa entortou. Foi algum detalhe que passou despercebido, uma frase que ela falou e que o atingiu, depois esqueceu, ou talvez a ausência de algum elogio que ele deveria ter feito, e não fez, ou o quê? O menino que jogava bola na praia, o menino que dava apelidos para outros meninos, que roubava moedas para jogar fliperama, que era namorador, que tinha um carro invocado, que tantas fez, que fim levara esse menino? Não mais era menino. O gosto amargo na boca aumentava com o passar dos dias. Talvez a simples consciência do tempo, que ele é impiedoso e não permite uma segunda chance. E quem precisava de outra chance? Ele não era um homem de sucesso?

Para tudo há uma primeira vez, e por vezes está aí o começo do fim. A primeira vez que ele sentiu um profundo arrependimento foi no dia que era para ser o mais feliz da sua vida. Nascia Ricardo, seu filho mais velho. Paula passara a gravidez inteira reclamando do corpo, que ela não seria mais a mesma mulher, que nunca mais emagreceria, que estava um canhão. Antonio relevara, sabia bem que o estado interessante deixa as mulheres com péssimo humor, algo, inclusive, que o ginecologista não cansava de alertá-lo. Paula mal olhou pro filho e pediu que o levassem ao berçário. Pôs-se a chorar, não um choro de felicidade, mais um choro de dor. Antonio saiu do quarto, não conseguia ser solidário. Não era pra ela chorar, e teve vontade de esbofeteá-la. Voltando, inventou uma desculpa qualquer de trabalho e foi-se dali. A primeira mentira. Horas depois, Paula dormia, a sogra sussurrou-lhe que a filha estava mais calma, que tinha amamentado, uma pena ele não estar ali para ver.

Depois de alguns meses Paula retomou as aulas de ginástica, e uma clínica restabeleceu seu peso. Foi com muita insistência que ela concordou em ter mais um filho, desde que contratassem mais uma babá e uma enfermeira que dormisse com as crianças. Nessas conversas, Antonio procurava em Paula aquela adolescente, estudante de jornalismo, que gostava de falar que lia Rubem Fonseca, que se inflamava ao discorrer sobre a pobreza, que parecia não ter saído aos seus. A adolescente se fora. Em seu lugar, roupas caras, ginástica, planos para uma plástica. Até quando ele suportaria aquilo? Sim, porque largaria tudo, arrebentaria as grades daquela prisão que se fechava à sua volta. E seria um homem, como reconhecia, dia após dia, contra sua vontade, na figura de seu pai. Bem verdade que a morte faz as pessoas melhores do que elas são, mas quem é bom, se visto de perto?

Quando conheceu o pai de Paula, ficou encantado. Falava inglês, francês, alemão, fazia citações em latim, tinha as soluções para os problemas do Brasil. Homem rico, culto, fascinante. Era o modelo que queria para si. Ficasse distante, como um deus num altar, a quem se deve copiar as virtudes. Conhecer o pai de Paula foi conhecer defeitos. O alcoolismo percebeu logo, o resto da sombra revelou-se aos poucos. Dona Adélia, coitada, tinha pena. Vivia pra cima e pra baixo com um insuportável *poodle* e não sabia nada mais que o conteúdo das colunas sociais, das quais era assídua freqüentadora. Era aquele então o mundo rico, bonito, alegre? E onde estava a alegria?, a riqueza?, a beleza, em que parte se escondia? Existia alguma coisa boa nessa terra? Nada era bom. Uma tristeza triste. Ele estava qual o sogro, dormindo com putinhas, finalmente uma amante, com quem talvez até tivesse um filho, como aconteceu ao sogro.

Conheceu Renata num almoço de negócios. Primeiro um olhar insistente, logo uma troca de palavras gentis. Antonio não compreendia bem como tudo começara, sabe apenas que uma dia marca um *happy hour*, em outro inventa uma desculpa para se demorar na hora do almoço. E quando abre os olhos Renata dorme nua à sua frente, em uma cama redonda de motel, no espelho do teto. E assim, sem se dar conta, espera ansioso pelas poucas horas com ela. Despi-la, tornar-se selvagem, resgatar toda a sua força de homem, para depois se aquietar com ela em seu peito, descansar como um guerreiro após a batalha. Tudo que tentou achar em prostitutas, quando Paula já não mais o estimulava, achou em Renata. Era como uma conquista a cada encontro, como domar um touro, como dançar um tango. Renata era uma mulher inteligente, instigante, e aquilo que sentia talvez fosse paixão. Paula, Paula estava lá... Já não mais a procurava no escuro do quarto, e ela também não se deixava encontrar. Estavam longe os dias em que ele a fazia chorar, no auge do gozo, os corpos suados, a felicidade explodindo em lágrimas, e entrando dentro dela, a rigidez em cada músculo, a fúria em cada poro, a alma em êxtase. É, estavam longe aqueles momentos, tão distantes que pareciam um sonho, e sonhar era coisa para desocupado.

No meio de uma reunião a secretária passa-lhe uma ligação, era sua mãe ao telefone. Antonio gelou, teria alguma coisa acontecido? A mãe o tranqüilizou, ela estava bem, seus irmãos também, pedia desculpas por interrompê-lo, sabia que ele era muito ocupado, mas precisava falar-lhe, e se ele fosse almoçar em sua casa no dia seguinte? Antonio chegou perto da uma, sua mãe atendeu à porta ainda de avental. Convidou-o para acompanhá-la até a cozinha, faltava só um tantinho para que o peixe ficasse pronto. Ela estava fazendo polenta com bagre ensopado, que ele tanto gostava. Como iam todos em casa?, Ricardo e Guguinha, como estavam?, fazia quinze dias que não os via, e Paula, e o trabalho, e o casamento? Pronto o almoço, sentaram-se à mesa, na copa. Ela estava apreensiva com o casamento dele. Antonio trabalhava demais, a que horas chegava em casa todos os dias, dez?, não estava certo, tinha que ficar mais com a família, e que tempo dedicava às crianças?, e à Paula, e já não sentia em ambos aquela alegria tão gostosa que tinham. Meu filho, disse ela, depois de breve silêncio, você precisa largar a outra mulher e voltar para a Paula. Antonio levantou os olhos, uma lâmina de gelo transpassando-lhe o corpo. O quê?, disse como que ofendido. Você sabe do que estou falando, eu já vi acontecer muito nessa vida, e não está certo, Mãe, o que é isso, mãe?!, Larga dela, filho, começa a chegar cedo em casa, seja tão bom pai e marido quanto você é filho e irmão. Sua mãe não se alterava. A voz dela era calma e reconfortante, saída de um rosto gasto encimado pelos cabelos brancos que chegavam ao ombro. Como ficaram brancos os cabelos, tão rápido!, e ela não devia ter mais de sessenta e cinco. Não tem nada disso, não. E Antonio encerrou a conversa.

Falaram sobre muitas coisas. Quando se despediram, já à porta, a mãe, aproveitando do beijo na face, a proximidade do ouvido, Até que a morte os separe, lembra?, e Antonio saiu com peso no coração e uma enorme vontade de gritar.

TREZE

Soa o sino, sete vezes ouve-se o som do metal no metal, sete são as horas de um novo e efêmero ciclo, é sexta-feira e não há futebol, e não há nada, nada existe, nada importa. Atrás do sofá, um corpo no chão, pernas abraçadas, dorso movimentando-se para frente e para trás, lentamente, sem pressa. O olhar perde-se no vazio, e acha-se na difícil luta contra a vontade. O corpo não tem vontade, o corpo está fraco, uma dezena de quilos mais fraco. Os olhos afundados na face salientam o osso frontal. No lugar da gordura, riscos que cortam o peito. A luz invade o apartamento, detalhando, exibindo-o, separando do preto suas reais cores. A luz invade e trava um duelo contra a escuridão de Mário. É preciso, é necessário, é vital. E seus olhos enxergam, e ele acorda, e ele acorda para si, os jacarés.

Mário arrasta-se para o banheiro, fecha a porta, tranca-a, levanta-se, urina um jorro forte e poderoso, como o de um cavalo. Os dedos vão de encontro ao vidro do espelho, os dedos tentando tocar a imagem, os dedos procurando e sentindo o próprio rosto. O que haviam feito com ele?, e o lamento não se conteve. Mário tira o colete azul estampado, despe-se da camisa branca, desabotoa a calça, fazendo-a correr pelas pernas, os pés tiram os sapatos libertando a calça, as meias vão ao chão, a cueca morre displicente ao lado da privada, duas mãos são exigidas para desatarraxar as duas argolas da orelha esquerda, que caem sobre a pia sem fazer ruído. Ele queria estar nu e, por mais que tentasse, vestia-se de si mesmo. A tesoura deforma o tão cultivado cavanhaque, somem as costeletas, em dois golpes o pequeno rabo de cavalo deixa de existir. Tivesse aparelhagem e seu cabelo teria a mesma sorte.

Embaixo do chuveiro o rosto torna-se macio na ação da lâmina, o corpo torna-se cheiroso na ação do sabonete, o cabelo liberta a espuma que o deixa fácil de pentear. Mário está mais moço. A ausência dos pêlos masculinos lhe devolveu alguns anos, ou apenas restabeleceu seus trinta incompletos. Entrou em seu quarto, fechou as venezianas, deixou-se cair no tapete que já não tinha mais lembranças do último aspirador. A toalha o cobre, não faz frio. Mário elabora o dia que se seguiria. O acaso jogava a seu favor, emprestando-lhe um telefone celular cuja linha dificilmente estaria grampeada. Ele assistira certa vez a um especial na televisão sobre as técnicas dos arapongas, cujos trabalhos envolviam desde um simples caso de adultério até altas espionagens industriais. No programa, averiguou o quão fácil era espionar uma pessoa: a escuta ao telefone, nos ambientes, a câmara escondida em uma sacola de plástico carregada por uma senhora gorda com cara inofensiva, a minúscula câmara fotográfica escondida no meio de um sanduíche, os dispositivos que fazem ouvir a distância, sem falar naqueles que fazem enxergar no escuro. Outra técnica muito utilizada era o suborno: todo homem tem seu preço. Felizmente, não haviam inventado nada para ler pensamentos, ou estaria enganado? Eles pareciam saber de tudo. Tinha ouvido certa vez que os russos, na época da Guerra Fria, desenvolveram uns seres humanos capazes de tais habilidades, ler pensamentos até uma distância de algumas centenas de metros. Fazia sentido, eles deveriam estar de posse desses russos, pois conseguiam antecipar cada passo seu, chegando ao ponto de conseguir trocar o peixe por uma carcaça de jacaré em um restaurante perdido na zona norte, que por acaso apareceu na janela do seu carro, quando ele temia estar perdido. Ou não foi um acaso o restaurante?, e ele fora induzido a se dirigir a ele, então o acaso não estaria jogando a seu favor, era um jogador comprado. A palavra era: induzido. Em outra ocasião, ele não se lembrava onde, quem, como, falaram que existe, na Bahia, gente capaz de induzir, através de macumba, força da mente, ou coisa parecida, as pessoas a agirem de acordo com o desejado. Então, não estaria ele sendo induzido? Por que não?, quem poderia garantir-lhe o contrário? Se era assim, naquele momento, naquele exato instante, liam seus pensamentos e comandavam-no a distância. Claro, claro, claro! E seu plano préconcebido, poderia levá-lo a cabo? Ponto pacífico: eles sabiam de tudo. Sorte ser um cara prevenido e ter reservado várias passagens aéreas, sorte ser ele dono de um passaporte italiano que lhe dispensava a burocracia dos consulados, sorte ter um limite tão generoso no cartão de crédito. E o que a sorte tinha a ver com isso tudo? Antonio dizia que não acreditava na sorte, que ela é apenas uma coincidência que atua em seu favor. Azar é quando a coincidência é contra você e nada mais. Fosse como fosse, ele, Mário, que sempre acreditara, era traído por ela. Nada daquilo era sorte. Tudo era parte de um grande azar, e se teve pequenas facilidades, não devia se deixar levar na conversa, elas aconteceram porque assim o permitiam. Veio-lhe à mente um ofício tradicional dos napolitanos, de vender sorte. Um sujeito carregado de pés de coelho, ferraduras, trevos de quatro folhas, santos protetores, mais um monte de quinquilharias caminha por entre os paralelepípedos, e os passantes dão-lhe uma moeda em troca de um toque que traz sorte. E Antonio não acreditava na sorte! Quisera ser desses heróis das telas que erguem seus narizes quebrados e bradam: O azar?!, eu ponho no bolso o azar! Mas Nápoles, com seus mercadores de fortuna, não era ali, e ele não era herói de tela alguma, e sua liberdade dependia de uma estratégia muito bem pensada, como as campanhas que ele tão bem desenvolvia para a agência. Antes de mais nada ele não podia pensar. Deveria limpar sua cabeça de pensamentos, agir como um cão vira-lata, que sobrevive sem pensar, rasgando os sacos de lixo nos fundos de um restaurante, escapando das pedras que os meninos lançam. Deveria só ir, seguir, não deixar que os russos lhe invadissem o cérebro nem que os baianos lhe dirigissem as ações. Eles são muitos espertos, sabem de tudo.

Abriu o armário, fiando-se na limpeza de pensamentos. Não queria que soubessem da nova aparência, nem da roupa que vestiria, o *blazer* novo, a calça cinza, a camisa de casamento, a gravata nunca usada ganha de um cliente. A boina quadriculada e os óculos sem graus, feitos sob encomenda para que escapasse do exército, completavam o traje. De qualquer jeito, essas eram as roupas que menos combinavam com ele, mostrando-se as mais adequadas para o disfarce. Naquele dia, uma sexta-feira de outono, Mário não podia ser Mário, teria que se afastar de tudo o que pudesse relacioná-lo com Mário, pois eles estavam atrás de Mário, e Mário devia esconder-se em Mário, um Mário que eles não reconhecessem.

Toca o telefone, é perto das dez da manhã. A voz de Mário dizendo não poder atender no momento, Deixe seu recado após o bipe. Ninguém do outro lado da linha. Do outro lado da linha um Antonio que decidira procurar pessoalmente pelo amigo se ele não aparecesse até a hora do almoço. Mário não estava na agência e seu celular estava desligado, como garantia a mensagem no correio eletrônico, onde teria se metido? Eram eles, Mário sabia, e talvez fosse esse o sinal que esperava. Algo para lhe dar coragem, coragem para deixar aquele apartamento, deixar o trabalho, deixar Júlia, os amigos, deixar para trás, para sempre, tudo o que tinha feito, todas as coisas das quais podia se orgulhar, e também aquelas das quais sentia vergonha. Estava na hora. Mário trancou a porta, fazendo um esforço para que seus receios ficassem do outro lado. Era ele quem ficava preso no lado de dentro. Suas roupas, seus livros, seus discos, os brincos que freqüentavam a orelha desde os dezesseis anos, o par de chuteiras, as chaves de sua estimada Parati preta, as fotografias empilhadas na gaveta da escrivaninha, os badulaques perdidos nos cantos. E de que lhe adiantava tudo aquilo? Se ele tivesse uma chance, iria agarrá-la com todas as forças que fosse capaz, e ele tinha essa chance e o sacrifício valia a pena. Além de ganhar a própria vida, sentiria o gosto da vitória, deixando-os chupando o dedo, raivosos por não terem percebido seu estratagema.

No *hall*, antes de o elevador chegar, conferiu os documentos, o dinheiro, o número das reservas e das companhias aéreas. O celular emprestado evitaria os orelhões. Apertou o botão térreo. Teria que seguir sem pensar, como o tal cachorro. Será que estavam lá embaixo esperando?

Seu Manuel, distraído que estava, regando as plantas da entrada do prédio, levou um susto com a figura que saía de seu prédio. Por pouco não reconheceu Mário.

– Como você ficou diferente, muito bom!

– É...

Seu Manuel só lamentou a perda de tão belo bigode. Tirasse a barbicha, deixasse o bigode, não era todo mundo que tinha a oportunidade de ter um bigodão daquele. Ele mesmo, por mais que passasse cremes, tomasse remédios vendidos pela televisão, não conseguia exibir mais que aqueles pequenos traços pretos, que mais pareciam sujeira, valendo-lhe o incômodo apelido de Zorro entre as crianças do 22.

– Depois eu deixo de novo.

Mário olhou para a rua, a respiração aumentou seu ritmo, a imaginação desenhou jacarés entrando no rio, como nos filmes de Tarzã.

– Seu Manuel, será que o senhor podia pegar um táxi pra mim, eu não estou muito bem.

– Seu carro quebrou?

– Quebrou.

– Anselmo!

E o porteiro, de nome Anselmo, logo em seguida voltava dentro de um táxi, apanhado com facilidade na avenida Ibirapuera.

– Pra onde, doutor?

Horas antes ninguém o chamaria de doutor. Pra onde doutor? Seria um deles?, como saber?, impossível saber, o que está feito está feito.

– Pega a Bandeirantes, não, a Bandeirantes não, pega a República do Líbano.

Precisava resolver algumas questões que ficavam para trás, não era assim que funcionava a vida, ele tinha responsabilidades. Sua irmã talvez o ajudasse. Ela poderia resolver muitos problemas. Escreveria para que se entendesse com o proprietário do apartamento, que ela tinha a chave. Vendesse seu carro, a transferência estava assinada dentro do porta-luvas, as chaves na mesa da cozinha, quando pudesse, enviasse o dinheiro. Mandasse também umas peças de roupa preferidas, ele listaria, o resto fizesse o que tivesse vontade. Ficasse com seus eletrônicos, sua máquina de lavar pratos, desse a bola de futebol para o filho caçula, o moleque levava jeito, arranjasse um lugar para os móveis, eram de boa qualidade. Fizesse bom proveito. E lhe explicaria por que teve de partir tão de repente, sem ao menos despedir-se dela ou das crianças. Talvez até mandasse lembranças a seu pai, ou a sua mãe. Não, não faria isso. Não perdoaria o que o haviam feito passar. A mãe passava os dias a falar mal do pai, que desgraçara sua existência. O pai, entre uma aposta e outra nos cavalos, xingava a mãe, não entendendo por que tinha com ela se casado, e precisava ela parir dois idiotas como ele e a irmã?, e logo o pai adormecia bêbado ao lado da garrafa de vodka, para no dia seguinte sorrir, oferecer algo que seu dinheiro herdado pudesse comprar, como se nada tivesse acontecido. Não, Mário não os perdoaria, ainda que tivessem feito as pazes e tentado até uma vã reconciliação, ainda que um psicólogo vencesse o vício dos cavalos e a raiva da mãe, ainda que o tivessem chamado para pedir seu perdão, sentindo-se envergonhados diante do ar severo do filho que cumpria a promessa de nunca mais falar com eles. Fazia mais de cinco anos que não os via, continuasse assim.

– Pra onde, doutor? – irritava-se o taxista.

– Nós vamos pra Nove de Julho, pra esquerda.

– Certo!, e pra onde vamos, doutor?

Por que o motorista queria tanto saber pra onde ele ia? Mas esse era o menor de seus problemas. Se o Maverick amarelo conseguia ocultar-se dele, o mesmo não acontecia com seus demais seguidores: um rapaz de um carro branco com chapa do interior perguntando por uma rua, um ônibus quebrado num lugar impróprio, um garoto que no sinal mira-lhe os olhos, esquecendo de vender suas mercadorias, e tantas outras pessoas escondendo-se na rotina da cidade, procurando um ângulo melhor para observá-lo, esperando por um deslize seu, algo que denunciasse o homem atrás dos óculos, sem o bigode e o cavanhaque. A qualquer aparição de Mário eles avançariam. Livrasse-se de seus pensamentos, nunca se sabe onde estão os russos. Na agência, em casa, na próxima esquina.

– O quê, doutor?

– À direita na Faria Lima.

Mário desceu a uma quadra do *shopping center*, pagando o táxi com uma nota graúda, dispensando o troco.

– Certo – retribuiu de maneira seca o taxista, desconfiando tratar-se de uma nota falsa, ninguém faz isso, deixar tanto assim. Avaliando a nota se sentiu satisfeito, ela parecia estar em ordem, falsa ou não, repassá-la não seria tarefa árdua.

O táxi enveredou por uma das travessas e sumiu de vista, deixando Mário à vontade para seguir seu caminho. Ele precisava de um lugar em que todos se confundissem entre si, onde ninguém era ninguém, onde pessoas tentassem se passar por outras pessoas, onde os pensamentos e a ação corressem um longe do outro. Lá os russos não teriam a menor chance, os baianos não acertariam o alvo. O sonho das etiquetas, a realidade do bolso. O *jeans* realçando as formas da modelo, e a calça não fecha na adolescente cheia de espinhas. No *shopping*, Mário acreditou-se seguro. A despreocupação dos olhares nas vitrines relaxava seu coração oprimido, quem sabe não fizesse algumas compras, liqüidando os reais que se acumulavam na carteira e que não teriam mais razão de ser.

Mário sacou o telefone do bolso interno do paletó, ligando para o primeiro número anotado no verso de seu talão de cheques. A moça do outro lado se desculpava, sua reserva fora cancelada. Mas, se interessasse, podia conseguir um lugar no vôo para Frankfurt, às 21 horas. Mário pediu para que ela reservasse a passagem que em dez minutos ligaria para confirmar. A segunda agência de turismo teria condições de enviá-lo para Paris. No quarto telefonema, a boa notícia: Roma. O avião decolaria às 22 horas, o *check in* estaria aberto a partir das oito. Mário deu o número do cartão de crédito e tudo estava resolvido, à noite pegaria a passagem no próprio aeroporto, E que o senhor faça boa viagem, completou o rapaz antes de desligar. Eles iriam ver, eles iriam ver!, murmurava baixinho, eufórico. A menos que tivessem o controle de seu cartão de crédito! Mário estremeceu. Respirou fundo, o que estava feito...

Meio-dia ficou pra trás. Almoçar na praça de alimentação estava fora de cogitação, e Mário lembrou-se de quando almoçara com Antonio pela última vez. Onde não o achariam?, e o McDonald's veio como solução óbvia. Toda vez que ia a uma dessas lanchonetes, mordia um daqueles sanduíches, a infância lhe saltava aos olhos. As constantes brigas em casa, a chegada da avó que levava a ele e a irmã para um *Big Mac*. Dessas coisas que não têm explicação, um câncer enxerido que apareceu de súbito e que em dois meses matou a avó querida. A melancolia acompanha as dentadas, a avó levando-os ao parque, à praia, ao clube, evitando que presenciassem a violência dos pais. Então, quando o sanduíche estava prestes a desaparecer, Mário entendeu por que sempre evitava comer ali. Comer ali era reviver angústias, a morte da avó, a rejeição dos pais. Será que sua irmã sentia o mesmo? Qualquer dia deveriam conversar a respeito.

Matar o tempo, enforcar os relógios, eletrocutar a tarde, queimar o céu. Enquanto não embarcasse eles podiam tudo, pegá-lo, arrancar-lhe as tripas, tirar dele o que tinha de mais precioso e dar de comer aos jacarés. E as horas pareciam mais, e as vitrines eram todas iguais. Não pensar, era preciso certificar-se de que não sabiam de seus planos. Mário telefonou para a agência e justificou a falta com um desarranjo intestinal. Disseram-lhe que Antonio ligara três vezes e pedia retorno urgente.

Acabando a reunião, Antonio sairia correndo do escritório e iria para a casa do amigo, havia algo de muito errado. Mário não fora trabalhar. Na agência, sua secretária deixou dois recados. Uma terceira vez ele mesmo ligou para obter informações.

– Você é amigo dele?

– Sou.

– Olha, ultimamente ele anda meio esquisito, não conversa com ninguém, se assusta com qualquer coisinha, a gente aqui acha que ele precisa de umas férias, depois que aquela campanha caiu na mão dele o cara mudou, virou outro, teve um dia que chegou quase a bater no porteiro, dizendo que ele tava mentindo, que não sei quem tinha que ter aparecido, ele tá meio estressadão, eu gosto muito do cara, mas acho que ele precisa se tratar...

O cliente deixou sua sala, Antonio pegou a pasta de couro e, à espera do elevador, sua secretária aparece no corredor.

– Doutor!, seu Mário tá no telefone!

E respirou aliviado, ainda bem, ainda bem...

– Onde cê se enfiou?, seu merda!

Calma, mantivesse a calma. Vencesse aquele estado de coisas que embaralhavam sua cabeça. Não bastasse a vida, tinha que se preocupar com o Mário. Já não conhecia o horizonte à sua frente, esperava apenas que o vento fosse a favor. A favor do quê, pra onde, não fazia idéia, só desejava, com toda a pouca força que sentia, que desse em algum lugar, e quando, velhinho, cabelos brancos, olhasse para trás, se sentisse em paz. Talvez nesse dia viesse a entender tudo, quem sabe até não desse boas risadas. Uma tristeza, assim, meio eterna, que provocava uma fadiga enorme. Uma tristeza miserável. Dormir, largar-se e dormir, desaparecer com a própria miséria, largar-se e dormir...

– Alô, Antonio?

– Fala Mário, porra!, onde você tava?

– Em casa.

– Em casa!, não tinha ninguém na sua casa!, caralho, eu tava preocupado, eu tava indo pra lá, o que tá acontecendo?

– Eu dei uma saída pra comprar Engov e um remédio pra dor de barriga...

– Mário, a gente precisar levar um papo, você não tá legal, olha, numa boa, eu vou marcar pra você ir conversar com um amigo meu, eu já te falei dele, é psiquiatra, você sabe que eu não boto muita fé nessas bobagens, mas o cara é bom.

– Antonio, o que é que você tá achando?
– Nada, só quero te ver mais leve.
– Tá, pode marcar, preciso desligar, depois a gente se fala.
– É a barriga?
– É.
– Cagão.

Um frio percorreu a espinha de Mário. Caso não tivesse chegado a Antonio, ele teria ido a sua casa e tudo iria por água abaixo. Antonio localizou Júlia pelo bipe, que ela não se preocupasse, ele mesmo levaria Mário ao médico. Podia ser que uma daquelas sonoterapias resolvesse o problema, sim, foi Mário que pediu para que telefonasse, só não tinha ligado ele mesmo porque tava difícil de sair do banheiro, e ele disse que tava com vergonha, sabe como ele é... Sim, ela sabia, e antes de desligar perguntou se Antonio estava bem, parecia desanimado. Não, tá tudo bem, só um pouco de cansaço...

As sacolas de plástico pesavam na mão esquerda. Mário abriu a mala e preencheu-a com as compras, duas calças, três camisas, cinco camisetas, um sapato, um sem-número de cuecas e meias, escova de dentes, creme dental. Por fim combinou com o vendedor que pegaria a mala recém-adquirida dali a um par de horas, pois teria que ir até o banco resolver uns problemas. Meteu uma nota de dez reais no bolso do rapaz, que lhe garantiu que ninguém mexeria em suas coisas, ficasse tranqüilo.

Ir ao cinema. Era preciso escapar. Coincidência com a história do homem preso injustamente, o mesmo filme que fora ver com Júlia e que dormira. Ele não podia dormir. Estava ali para matar o tempo e não para ser morto por ele. Com tanto lugar vazio, por que um senhor careca teve de sentar bem ao seu lado? Ambos compartilhariam a saga do jovem que os anos iriam tornar menos jovem. A perseguição também não o envelhecera?, também ele não era um presidiário de seu próprio medo? Mário tentava se concentrar na tela, esforçando-se para ignorar aqueles que o vigiavam. O careca, e duas moças atrás à direita, e o lanterninha, e a turma de lançadores de balas, e o monte de lugares desocupados, preenchidos pela imaginação. Que o preso libertasse também a ele, que pagara ingresso e cujo único crime foi o da percepção. E como ele Mário teria que atravessar a fronteira, começar vida nova, e a luz se acende, o careca se fora, e o tempo ressuscita, e o ator ia para casa com o ingresso que ele havia pago. E quando começasse a próxima sessão, o preso apanharia uma vez mais, libertando-se no final de horas, no final das décadas, até que uma nova sessão o reconduzisse às grades. Para Mário, ao menos, não haveria outra sessão.

CATORZE

Renata falava bastante, Antonio respondia com monossílabos. Quando ela reclamava, ele dizia que tivera um dia cansativo, acabara de deixar um amigo com problemas em casa, o Mário, já tinha falado dele, e estava preocupado. Depois de chegar ao restaurante, beber um pouco de vinho, na certa relaxaria, É, tenho certeza que sim... O restaurante ficava na Vila Mariana, e Antonio já não se importava se algum conhecido o flagrasse com uma mulher que não fosse a sua. Talvez fosse até bom que acontecesse.

O manobrista abriu a porta do carro. Era uma casa velha recém-reformada. As paredes de tijolo aparente, iluminadas por lâmpadas que tornavam amarelados os obstáculos que sua luz tocava, faziam a fachada agradável de se olhar. Sentaram em uma mesa perto do piano. As velas acesas garantiam uma atmosfera de antigüidade e, antes mesmo de chegar o cardápio, uma porção de beringela temperada era colocada sobre a mesa, acompanhando o resto do *couvert*. O sabor picante da beringela descia bem, o vinho tinto português, melhor ainda. Bacana esse lugar, disse Antonio, enquanto Renata sorria pelo acerto. Ela buscou sua mão do outro lado da mesa, ele retribuiu o gesto com um sorriso. Comentou os quadros bem escolhidos, as janelas de pinho-de-riga, a decoração despojada, como era acolhedor o tijolo aparente, talvez por remeter a um tempo passado, mais inocente, e o passado é sempre melhor, ou talvez pela cor de terra, pelo resgate da simplicidade... Foi no meio de suas especulações, enquanto investigava paredes, quadros, janelas, que Antonio encontrou os olhos de Paula.

O táxi especial chegou dez minutos depois que Paula chamou. Beijou os filhos, impressionante como tinham saído ao pai, o formato dos olhos, a cor do cabelo, um certo ar malandro. Fez recomendações à babá, e se o doutor Antonio ligasse, dissesse que ela já saíra para encontrar a Cláudia. Caio esperava-a em pé, na frente do BMW. Beijou-lhe a boca, elogiou-lhe a beleza, pagou o táxi, abriu a porta do carro. Seus gestos eram de um cavalheiro, alguém que tinha berço, alguém maduro que sabia apreciar as coisas importantes da vida. Ele queria levá-la a um restaurante novo, muito agradável, simples, mas muito discreto. Tinha aberto fazia pouco tempo na Vila Mariana. Enquanto não se separasse, não convinha que os dois fossem vistos juntos, E o teu marido?, Pra variar, trabalhando, foi pro Rio, uma reunião ou alguma coisa assim. De cara Paula gostou do lugar, e ficou irritada consigo mesma ao pensar que Antonio ficaria entusiasmado com as cores dali. Sentaram-se perto do piano, que era levado por um rapaz que tocava clássicos populares. O músico pára de tocar, cobre as teclas com um pano vermelho. Estava de paletó e gravata, cabelo comprido, óculos. Paula o acompanhou com o olhar, como se levantava do banquinho, como andava duro, bem se via que não era acostumado a andar de terno, não o censurava por isso. Cruzando com o rapaz, na direção oposta, um casal. Seu olhar se perde do rapaz, aquelas costas, aquela mão que enlaçava uma mulher... A primeira reação, rápida e fugaz, foi de se esconder, levando o copo de vinho branco à boca, como se ela coubesse atrás do cristal. Se Antonio a visse? Logo, antes mesmo de eles se sentarem, pousou a taça, e um sentimento vago se apossou dela. Ódio?, ou apenas uma vontade de matá-lo? Como parecia feliz, o cretino, como falava com desenvoltura, e ainda apertava a mão da mulher, qual namoradinhos. Paula estremece quando os olhos se encontram, indo levemente para o lado, por instinto, como para desaparecer atrás de uma coluna invisível.

O relógio segura o tempo, o infinito existe.

– O que aconteceu?, você, de repente, calou.

– Nada...

– Como nada?

– Nada.

Caio estranhou a mão que escapava da sua, Renata percebeu distância.

– Vamos embora logo daqui!, não, não quero sobremesa nem café.

Caio não entendia, Paula insistindo para que não a tocasse, precisava ir, um mal-estar repentino dominava-lhe o corpo, não, ela preferia ir de táxi, Não!, chegou a gritar, Me chama um táxi! Imbecil, idiota, nunca mais vai ver os filhos, vai perder o emprego, vai voltar para aquele fim de mundo de onde nunca devia ter saído, desgraçado, desgraçado...

Corno, ele não passava de um corno. Trabalhando feito um otário pra vaca da sua mulher dar pra deus e o mundo! Se era sexo que ela queria, ela iria ter. Ele bateria nela, rasgaria a roupa, violentaria, depois, urinaria em cima dela, falando que só transara por pena, pena dela, aquela vagabunda. O braço doía. De repente parou, estava suado, o rosto transfigurado foi adquirindo um ar sereno. Encheu um cálice de uísque, acomodou-se na poltrona, que tão bem resistira à sua fúria. Não bebeu. Aproximou o cálice dos olhos e ficou olhando através dele, a sala toda ficava marrom. Acabou. Uma tristeza cansada. Quando Paula chegasse não a mataria, nem bateria, nem violaria. Ele não estaria mais ali. No fundo até lhe fez um favor. Largaria a empresa do sogro, deixaria Renata, e descobriria afinal que as barras que o enjaulavam não eram feitas de aço, e sim de algodão. Um barulho de chave, a porta se abre do outro lado do uísque.

– Já voltou...
– Já.
– Fácil?
– Lista de espera...
– A reunião?
– Chatice de sempre..., Cláu?
– Bem..., me serve um *cowboy*?
– Claro...

Eles não brindaram, e mal conseguiam se olhar nos olhos. Vão ao quarto, vestem os pijamas surrados de tantas noites de paixão e sono, escovam os dentes, completam o ritual de seis anos de casamento. Estão sem graça quando se aproximam para o beijo de boa-noite, disfarçando cada um a água que lhes turva os olhos. Antonio suspira, como se fosse dizer alguma coisa, porém nada diz, repetindo apenas o boa-noite amor de todas as noites. Deitam-se, Paula apaga a luz. E cada qual para seu lado da cama olha o escuro, sentindo a dureza das costas nas quais se apóia. O tempo não passa, soluça. E o soluço que vem de um desarranjo, vai-se com o susto. Quantos soluços mais? E assim seguiria a vida, com solução, sem solução, fosse outra hora até riria das palavras coincidentes. O que será que passa na cabeça dela? Uma tristeza compartilhada. Antonio pensa em seu pai. Se visto de perto, ninguém é tão ruim.

QUINZE

Chegada a hora. Mário caminhou em direção à loja de artigos de couro e apanhou a mala. Desceu as escadas rolantes. Júlia ficaria bem. Não esqueceria os momentos que passaram juntos. Fora bom tê-la ao lado, era bom vê-la falar com entusiasmo das coisas. Era bom conviver com sua alegria. Faria falta. Logo acharia alguém melhor do que ele, e ficaria bem... E a agência?, tantos anos, tanta produção, ele, que fizera trabalhos invejáveis, ele, que era competente e teria futuro na profissão, as noites em claro, as apresentações para o cliente, o clique certeiro de uma idéia logo compartilhada com Pelé e passada para o papel, os amigos, a pelada de sábado na USP, a irmã e aqueles sobrinhos lindos que gargalhavam nas suas cócegas malvadas, o sino de Moema rasgando a madrugada, invadindo seu apartamento, penetrando em seu quarto, encontrando-o sob os lençóis no sono leve, os bares, seu lar nas noites frias da cidade grande. Mário fechou os olhos, apoiou a mala no chão, respirou fundo. Eles mataram tudo, mataram a felicidade. Olhar para trás não fazia sentido, e pôs-se em marcha.

— Táxi!

— Pra onde, doutor?

— Nove de Julho.

Ele era seu próprio salva-vidas, no agitado mar de tormentos. A ansiedade aumentava na medida em que os semáforos ficavam para trás. Mário olhava para todos os lados. Nada que pudesse ameaçá-lo. Desde de manhã a orelha recusava-se a entrar na cabeça e o Maverick não dera sinais de existência.

Tinha-os enganado? Seu nome sumira das vozes desconhecidas e os vultos recusavam-se a se deixar perceber. O trânsito fluía bem, o Anhangabaú surgia como mais uma etapa a ser vencida. Mas, afinal, eles existiam? Mário sentiu seu corpo paralisar. Era a dúvida, que esquina a esquina crescia na testa que enrugava. Suas certezas seriam tão certas assim? Não seria pretensão achar que seus sentidos valiam mais que a lógica? E a lógica o definia como alguém sofrendo de algum mal. Não, ele os vira, sentira, quase comera a carcaça de um jacaré! Que maluquice não era a coisa toda! Ele fugindo, feito criminoso, não deixando sequer um bilhete para as pessoas que amava, largando tudo o que construíra por algo que só ele tinha ciência. Um fato: não existia gente muito mais apta e inteligente que ele para perceber a existência deles?

– À direita na Marginal, vamos para o aeroporto.
– Por que não disse logo?
– Não disse?
– Não.
– Distração.

Não havia como negar seus sentidos, seria como negar a si mesmo. Seu comportamento foi alterado por uma conspiração de fatores sobre os quais ele não tinha controle algum. Problemas, problemas... Primeiro, por que fora ele quem não se deixou mais enganar, se outros muito mais espertos viviam uma vida alienada? Segundo, não podia deixar de considerar o fato de ninguém, além dele, ver seus vultos, ouvir seu nome, trombar com o carro amarelo no retrovisor. A dúvida ganhava força. Terceiro, suas conclusões não foram tiradas com base em acontecimentos pouco sólidos?, uma nota de jornal, a cara de um manobrista, um prato que muito bem poderia ser peixe. Quarto, não era verdade que os fenômenos eram muito mais intensos quando estava mamado? E Mário pensou em um quinto, um sexto, um sétimo, um oitavo. É, e o medo? Ele tinha medo, e o medo mostrou-se capaz de liqüidar a dúvida, afogar a lógica, ensopar a camisa sob o *blazer*. O medo era o que lhe restava. Existissem ou não, não mais importava. O medo existia e o convencia de que estava fazendo a única coisa cabível. E Mário quis chorar, tal o desespero em que a dúvida o colocara. De nada mais sabia, sentia apenas medo. E Mário chorou um choro nervoso, compulsivo, tal como uma criança chora quando é vítima de uma injustiça. Era injusto o que com ele se sucedera. Os últimos meses tinham sido cruéis. Ele estava magro, de cara limpa, numa roupa que não era a sua, sem os brincos que faziam parte de sua personalidade. Não era justo, Mário destruíra Mário. Medo, por que aquele medo horrível?!

Felizmente a via-crúcis estava no fim. No primeiro lixo do aeroporto, que surgia nas placas de sinalização, jogaria fora o seu medo. Ficasse calmo, se controlasse, não há mal que nunca se acabe... O táxi virou à direita deixando a Trabalhadores para trás, Cumbica já não era só uma possibilidade. Era a realidade, quilômetro a quilômetro mais perto. Aeroporto Internacional de Guarulhos, 5 km. E o choro manteve o ritmo. As mãos limpando os olhos, o sorriso de alívio surgindo, como a notícia de que o ente querido, internado há pouco no hospital, passa bem. Ele era seu ente querido, e passava bem. Tudo iria ficar bem, sorrir seria permitido, viver, uma alegria. Mário embalava Mário.

E das entranhas do cérebro o pensamento é escarrado, o terror enrijece o corpo. Era possível escapar deles? E o Maverick amarelo joga o táxi para fora da estrada. O motorista está inconsciente, um rosto molhado de sangue, olhos esbugalhados olhando para o nada, a cabeça apoiada sem vida na direção. Mário é arrancado do carro, o homem das muitas caras, o manobrista que apanhara de Ademir feito um cachorro lhe sorri, levantando-o pelo colarinho, seus pés não tocam o chão. Figuras armadas de cacetetes, facões, correntes deixam o Maverick amarelo. Em um deles Mário reconhece a respiração ao telefone, em outro, o garçom do restaurante, o funkeiro, o careca do cinema, a cartomante, o russo. Mário está tonto, seus sentidos tornam lentas as imagens, distante o som. Apenas a risadinha é nítida. As pancadas cercam-no, o facão atravessa seu corpo, o rosto deforma-se na força da corrente, sua vida era consumida com fúria. Metem o que restou dele no porta-malas, desovam o corpo no rio Pinheiros. Mário já não sentiria as dentadas famintas dos jacarés.

— Meu senhor, o bilhete e o passaporte, por favor.

A moça do balcão insiste com certa impaciência. Não, ele não estaria livre se fugisse. Apenas uma maneira, a única. Mário dá as costas ao *check in* e caminha em direção ao ponto de táxi.

— Aqui está bom.
— Como?
— Aqui! — Mário grita.
— O senhor tem certeza, não é melhor, então, perto da ponte?
— Aqui.

O táxi segue. Mário demora alguns minutos para atravessar a marginal. Ele pula o *guard-rail*. O cheiro do rio invade suas narinas com violência. O mato está na altura do peito. Mário chega à margem, levanta os braços e grita, Cadê vocês?! Ninguém aparece, apenas um movimento no matagal. Mesmo sem enxergar, Mário pode senti-lo, rastejando. Mário reconhece aqueles olhos. Está tranqüilo, chega mesmo a sorrir quando o jacaré fura-lhe a carne.

(1997)

Tipologia
Janson 11.5/15.5

Filmes
Y & M / Relevo Araújo

Papel
Pólen bold 90 gr/m²
Companhia Suzano de Papel e Celulose

Impressão
Geográfica Editora

Tiragem
2.000 exemplares